古希腊神话与传说

[俄罗斯]尼·库恩　著

周芳　译

作家出版社

图书在版编目（CIP）数据

古希腊神话与传说 / （俄罗斯）库恩著；周芳译.
-- 北京：作家出版社，2015. 11（2018.3重印）
（小书虫读经典）
ISBN 978-7-5063-8319-6

Ⅰ.①古⋯ Ⅱ.①库⋯ ②周⋯ Ⅲ.①神话—作品集
—古希腊 Ⅳ.①I545.73

中国版本图书馆CIP数据核字（2015）第226740号

古希腊神话与传说

作　　者：［俄罗斯］尼·库恩
译　　者：周　芳
责任编辑：王　炘
装帧设计：高高国际
出版发行：作家出版社
社　　址：北京农展馆南里10号　　**邮　　编：**100125
电话传真：86-10-65930756（出版发行部）
　　　　　　86-10-65004079（总编室）
　　　　　　86-10-65015116（邮购部）
E-mail:zuojia@zuojia.net.cn
http://www.haozuojia.com（作家在线）
印　　刷：北京柯蓝博泰印务有限公司
成品尺寸：148×210
字　　数：118千
印　　张：7
版　　次：2015年11月第1版
印　　次：2018年3月第3次印刷
ISBN 978-7-5063-8319-6
定　　价：24.80元

悲剧是将人生的有价值的东西毁灭给人看，喜剧是将那无价值的撕破给人看。

——鲁迅

❈— 名家寄语 —❈

　　我们也许逃不过这样的荒诞：阅读极其泛滥又极其荒凉，文化极其壅塞又极其贫乏。这里倒有一条安静的自救小路：趁年轻，放松心情读一点经过选择的经典。

——余秋雨

　　多出优良书，让中国的童年阅读更优良。

——梅子涵

❈— 名家谈阅读 —❈

孔　子　学而不思则罔，思而不学则殆。

莎士比亚　书籍是人类知识的总结。书籍是全世界的营养品。

培　根　读书使人充实，讨论使人机智，笔记使人准确，读史使人明智，读诗使人灵秀，数学使人周密，科学使人深刻，伦理使人庄重，逻辑修辞使人善辩。凡有所学，皆成性格。

歌　德　读一本好书，就是和许多高尚的人谈话。

作家版
经典文库

普希金　读书是最好的学习。追随伟大人物的思想，是最富有趣味的一门科学。

高尔基　我读书越多，书籍就使我和世界越接近，生活对我也变得越加光明和有意义。

鲁　迅　读书无嗜好，就能尽其多。不先泛览群书，则会无所适从或失之偏好，广然后深，博然后专。

季羡林　书是事关人类智慧传承的大事。读书不是"天下第一好事"又是什么呢？

王　蒙　读书是一种风度，读书要趁早，要超前读书，多读经典。

于　丹　生活就是一锅滚开的水，它一直都在煎熬你，问题是你自己以什么样的质地去接受煎熬，最终会看到不同的结果。读书就是干这个的，就是滋养自己。

贾樟柯　我们心灵敏感之程度，或洞悉人情世故的经验，很多都来自阅读。

杨　澜　读书可以增加一个人的底气，也许读过的东西有一天会全部忘掉，但正是这个忘掉的过程，塑造了一个人的知识结构和举止修养。

❧—— 著名翻译家 简介 ——❧

吴钧陶 中国作家协会会员，上海翻译家协会理事，
曾为上海太平洋出版公司编辑，人民文学出
版社上海分社及上海译文出版社编审。

白　马 中国作家协会会员，浙江大学传媒与国际文
化学院副教授、国际文化学系副主任，著名
翻译家。

张友松 著名翻译家，在鲁迅的推荐下曾任上海北新书
局编辑，新中国成立后任《中国建设》编辑。
张友松先生是马克·吐温中文译本第一人。

宋兆霖 著名翻译家，中国作家协会会员，迄今已出
版文学译著五十多种，2000余万字，译著曾
多次获奖。

刘月樵 中国翻译协会表彰"资深翻译家"，中国意
大利文学研究会理事，中国国际广播电台意
大利语部译审，著名翻译家。

黄　荭 巴黎第三大学-新索邦文学博士，南京大学法
语系教授，博士生导师，著名翻译家。

晏　榕 著名翻译家，文学博士，教育部人文社科基
金项目主持人，主要从事东西方诗学及文化
理论研究。

李自修 山东师范大学外国语学院教授，毕业于北京大学西语系，曾任教美国旧金山州立大学。

傅　霞 上海外国语大学博士，浙江理工大学外国语学院副教授，著名翻译家。

管筱明 湖南省作家协会会员，中南出版传媒集团资深编审，翻译著述颇丰，尤以法语为主。

黄水乞 厦门大学国贸系教授，著名翻译家。

姜希颖 浙江大学英语语言文学硕士，浙江外国语学院英语教师，主要从事美国文学、美国现代主义诗歌研究。

王晋华 英美文学硕士，中北大学外语系教授、硕士生导师，英美文学研究与译著多部。

王义国 翻译家，教授，英美文学研究和译著多部。

杨海英 浙江省作家协会会员，北京大学硕士，主要从事新闻工作和文学翻译。

姚锦镕 著名翻译家，任教于浙江大学，主要从事英、俄语文学翻译工作，译著颇丰。

张炽恒 外国文学译者，上海翻译家协会会员。

周　露 外国文学译者，俄罗斯语言文学硕士，浙江大学外语学院俄语副教授。

种好处女地
——"小书虫读经典"总序

梅子涵

　　儿童并不知道什么叫经典。在很多儿童的阅读眼睛里，你口口声声说的经典也许还没有路边黑黑的店里买的那些下烂的漫画好看。现在多少儿童的书包里都是那下烂漫画，还有那些迅速瞎编出来的故事。那些迅速瞎编的人都在当富豪了，他们招摇过市、继续瞎编、继续下烂，扩大着自己的富豪王国。很多人都担心呢！我也担心。我们都担心什么呢？我们担心，这是不是会使得我们的很多孩子成为一个个阅读的小瘪三？什么叫瘪三，大概的解释就是：口袋里瘪瘪的，一分钱也没有，衣服破烂，脸上有污垢，在马路上荡来荡去。那么什么叫阅读瘪三呢？大概的解释就是：没有读到过什么好的文学，你让他讲个故事给你听听，他一开口就很认真地讲了一个下烂，他讲的时候还兴奋地笑个不停，脸上也有光彩。可是你仔细看看，那个光彩不是金黄的，不是碧绿的，不是鲜红的。那么那是什么的呢？你去看看那是什么的吧，仔细地看看，我不描述了，总之我也描述不好。

所以我们要想办法。很多很多年来，人类一直在想办法，让儿童们阅读到他们应该阅读的书，阅读那些可以给他们的记忆留下美丽印象、久远温暖、善良智慧、生命道理的书。那些等他们长大以后，留恋地想到、说起，而且同时心里和神情都很体面的书。是的，体面，这个词很要紧。它不是指涂脂抹粉再出门，当然，需要的脂粉也应该；它不是指穿着昂价衣服上街、会客，当然，买得起昂价也不错，买不起，那就穿得合身、干干净净。我现在说的体面是指另一种体面。哪一种呢？我想也不用我来解释吧，也许你的解释会比我的更恰当。

生命的童年是无比美妙的，也是必须栽培的。如果不把"经典"往这美妙里栽培，这美妙的童年长着长着就弯弯曲曲、怪里怪气了。这个世界实在是不应当有许多怪里怪气、内心可恶的成年人的。这个世界所有的让生命活得危险、活得可怜、活得很多条道路都不通罗马的原因，几乎都可以从这些坏人的脚印、手印，乃至屁股印里找到证据。让他们全部死去、不再降生的根本方法究竟是什么，我们目前无法说得清楚，可是我们肯定应该相信，种好"处女地"，把真正的良种栽入童年这块干净土地，是幼小生命可以长好、并且可以优质成长的一个关键、大前提，一个每个大人都可以试一试的好处方，甚至是一个经典处方。否则人类这么多年来四面八方的国家都喊着"经典阅读"简直就是瞎喊了。你觉得这会是瞎喊吗？我觉得不会！当然不会！

我在丹麦的时候，曾经在安徒生的铜像前站过。他为儿童写过最好的故事，但是他没有成为富豪。铜像的头转向左前方，安徒生的目光童话般软和、缥缈，那时他当然不会是在想怎么成为一个富豪！陪同的人说，因为左前方是那时人类的第一个儿童乐园，安徒生的眼睛是看着那个乐园里的孩子们。他是看着那处女地。他是不是在想，他写的那些美好、善良的诗和故事究竟能栽种出些什么呢？他好像能肯定，又不能完全确定。但是他对自己说，我还是要继续栽种，因为我是一个种处女地的人！

安徒生铜像软和、缥缈的目光也是哥本哈根大街上的一个童话。

我是一个种处女地的人。所有的为孩子们出版他们最应该阅读的书的人也都是种处女地的人。我们每个人都应当好好种，孩子们也应当好好读。真正的富豪，不是那些瞎编、瞎出下烂书籍的人，而应当是好孩子，是我们。只不过这里所说的富豪不是指拥有很多钱，而是指生命里的优良、体面、高贵的情怀，是指孩子们长大后，怎么看都是一个像样的人，从里到外充满经典气味！这不是很容易达到。但是，阅读经典长大的人会渴望自己达到。这种渴望，已经很经典了！

作者像

右页 |《古希腊神话与传说》原版封面

Н. А. КУН

МИФЫ ДРЕВНЕЙ ГРЕЦИИ

译本序

希腊文化源于古老的爱琴海文明，是西洋文明的始祖。古希腊人具有卓越的天性和不凡的想象力。在原始时代，他们对自然现象、人的生死，都感到神秘和难解，于是他们不断地幻想、不断地思索。在他们的想象中，宇宙万物都拥有生命。这些人类所创造的人、神、物的故事，经由时间的淬炼，被史家统称为"希腊神话"，公元前十一二世纪到公元前七八世纪间被称为"神话时代"。神话故事最初都是由民间人士口耳相传，直到公元前七世纪才由大诗人荷马收集、整理、记录于"荷马史诗"中。

希腊神话是欧洲最早的民间口头创作的作品，大约产生于公元前十二世纪到公元前八世纪之间。它历经古希腊人们百年口口相传，代代相承，不断地艺术加工，得以在以后的各种文学、历史、哲学著作中保存下来。

希腊神话包括神的故事和英雄传说两个部分。神的故事涉及宇宙和人类的起源、神的产生及其谱系等内容。相传古希腊有奥林匹斯十二大神：宙斯——众神之主，赫拉——天后，波塞冬——海神，哈得斯——冥王，雅典娜——智慧女神，阿波罗——太阳神，阿尔忒弥斯——助产、狩猎与月亮女神，阿佛洛狄忒——美与爱女神，阿瑞斯——战神，赫淮斯托斯——火与工匠之神，赫尔墨斯——诸神的传令官，德墨忒尔——农事和丰产女神，狄俄尼索斯——酒神。他们掌管着自然和生活的各种现象与事物，组成以宙斯为中心的奥林匹斯神统体系。

本书主要选取希腊神话中的前一个部分，将那些较为生动、情节曲折有趣的故事呈现给广大读者。例如"丘比特的爱情"一章中，主要讲述的是爱神厄洛斯（它的拉丁名称丘比特更为人熟知）的故事。厄洛斯是战神阿瑞斯和阿佛洛狄忒的儿子，是一位小奥林匹斯山神。他的形象是一个裸体的小男孩，长着一对闪闪发光的翅膀。他带着弓箭漫游，恶作剧地射出令人震颤的神箭，唤起爱的激情；给自然界带来生机，授予万物繁衍的能力。这位可爱而又淘气的小精灵有两种神箭：加快爱情产生的金头神箭和中止爱情的铅头神箭。另外，他还有一束照亮心灵的火炬。尽管有时他被蒙着眼睛，但没有任何人或神，包括宙斯在内，能逃过他的恶作剧。有一次，这位淘气的精灵被自己的箭射中了，使得自己对人间少女普赛克炽热的爱在心中复苏，以至于他不顾母亲的干预，鼓起勇气让宙斯给予公正评判。本书还选取了许多诸如此类的有趣感人的故事，期待读者可以从中受益。

希腊神话中的神与人同形同性，既有人的体态美，也有人的七情六欲，懂得人类的喜怒哀乐，参与人的活动。神与人的区别仅仅在于前者永生，无死亡期，后者生命有限，有生老病死。希腊神话中的神个性鲜明，没有禁欲主义因素，也很少有神秘主义色彩。因此，希腊神话不仅是希腊文学的土壤，而且对后来的欧洲文学也有着深远的影响。

古希腊神话故事题材广泛，内容丰富，对于初读希腊文学的读者来说是一个不错的选择。

The Myths of Ancient Greece

目　录

潘多拉的魔盒

宙斯的愤怒使人类遭受了巨大的惩罚，他们将面临前所未有的灾难。潘多拉的盒子里，究竟是什么呢？人类的命运又将如何呢？

在很久很久以前，天地初开，世间万物形成一番新的景象。滚滚波涛卷着巨浪在海岸两边大声咆哮，鸟儿在天际徜徉放歌，鱼儿在浪尖自由嬉戏，森林中无尽的花红柳绿为自然编织了一件绚丽的外衣；成群的动物在林中生活栖息更是使奇妙的世界像魔术师手中的魔盒，变化多端，生机盎然。但这一切由于没有秩序而显得混乱，它们需要一类能够主宰大地的伟大的生物，后来这类生物被称之为人。

具有先见之明的泰坦神族的后裔普罗米修斯，知道神的种子就蛰伏在这松软的泥土里。于是他按照天神的做法，将泥土与河水掺和在一起，捏成了一个个世界上之前所没有的新形体。为了使他们能够自由地活动，他请来了智慧女神雅典娜，雅典娜非常喜欢这些形状奇妙的泥块，于是她对着泥块轻轻地吹了一口气，这些泥块便有了灵魂与生命。从此，人就在这个世界上诞生了。

最初的人在陆地上繁衍生殖，分布在世界的各个角落。他们就像是一副空空的躯壳，不懂得如何运用智慧，也不知道如何表达自己的内心感受。他们虽然有一双明亮的眼睛，却看不到任何美丽的风景；他们虽然四肢健全，却没有任何劳作的能力。他们连吃饭的能力都没有，就这样浑浑噩噩地生存，然后又糊里糊涂地死去。他们不能做任何有意义的事情，所以无法主宰大地。

聪明善良的普罗米修斯为了拯救他们，特地来到他们的身边照顾他们。他从各种动物身上摄取了善或恶的特性，比如狮子的勇猛、狗的忠诚和聪明、马的勤劳、鹰的远见、熊的强壮、鸽子的温顺、狐狸的狡猾、兔子的胆怯和狼的贪婪等等，然后把这些特性糅合在一起，往每一个人的胸膛里注入属于他的那一部分。这样一来，他们便可以像动物一样为生存而做有意义的事情了。除此之外，普罗米修斯还特意教会他们观察日月星辰、四季更换。他发明了简单的计算方法并创造了拼音文字。他教会人们利用牲口帮他们劳作、学会使用生产工具和生活用品。他让马匹养成了上套拉车的习惯，他还发明了帆和船，丰富了人们的交通工具，便利了人们的日常生活。除此之外，他还教会人们调制药剂治疗疾病，引导人们开采黄金和矿石，教人们学占卜，学耕种，使他们的生活更加自由与舒适。凡是对人类有用的，能够使人类生活得快乐幸福的，他都毫无保留地教给人们。同样，人类也用友爱和真诚来报答普罗米修斯。

那时候以宙斯为首的主宰宇宙的天神们开始注意到这最初形成的人类世界，他们以保护人类为条件要求人类敬重他们。为了使这一切形成一个统一的规范，人和神在希腊的墨客捏举办了一次隆重的聚会。普罗米修斯代表人类的利益参加了这次聚会，他希望众神不要为难卑微而又脆弱的人类。身为伟大的古老神族的后裔，智慧过人的普罗米修斯不甘心被新上任的诸神比下去，他决定设计一个恶作剧来愚弄一下奥林匹斯诸神。

普罗米修斯以造物主的名义屠杀了一头牛，并将其分成两部分，用牛皮盖住。其中一部分是牛的肉和内脏，另外一部分则是一堆光秃秃的骨头，这些骨头被巧妙地包裹在牛皮中，所以略显饱满诱人。普罗米修斯请诸神自由选择，以为这样便可以戏弄那些高傲冷漠的众神。地位最高的天神宙斯一眼就看穿了普罗米修斯的诡计，但他还是想要试探一下普罗米修斯对他的敬意。于是他故意说道："尊贵的国王啊，我的好朋友普罗米修斯，你分配得多么不公平啊！"普罗米修斯听到宙斯的话更是扬扬得意，自以为一个小小的骗局就戏弄了伟大的宙斯，于是他毫不收敛地说道："那么，众神中最伟大的神，尊贵的宙斯，请选出您中意的一份吧！"宙斯见他毫无悔改之意，便勃然大怒，故意选择了被板油包裹着骨头的那部分，然后佯装受骗的样子愤怒地说："你既然毫无悔改之意，依旧企图用这种骗人的诡计戏弄我，你这是对神灵的亵渎！你一定会为你的愚蠢付出代价！"

　　为了报复普罗米修斯的欺骗，宙斯决定拒绝为人类提供他们赖以生存的必需品：火。但是这依旧阻止不了聪明的普罗米修斯，足智多谋的他用一根粗大坚挺的茴香枝放到靠近太阳神车的火焰中，盗取了神火。普罗米修斯带着盗来的火种来到了大地，很快，人间的各个角落便涌现出了光明与温暖。熊熊大火在柴堆上尽情地燃烧，人们围成一圈欢快地手舞足蹈，火光直冲云霄。看到这一切，宙斯立刻就知道是普罗米修斯盗取了神火。从来没有人敢违背这位众神之父，宙斯怒火中烧却也无可奈何，他不能收回已经蔓延至人间各个角落的火种。于是他决定要狠狠地惩罚普罗米修斯，给这个公然跟自己做对的先知一个下马威。他将普罗米修斯交给了火神赫淮斯托斯和他的两个仆人：一个是拥有强力的克剌托斯，另一个是拥有暴力的比亚，他们把他带到高加索山，用一条永远也挣不断的铁链牢牢地把他缚在悬崖上。不幸的普罗米修斯被强韧的锁铐绑缚在陡峭的悬崖上，挺起的胸脯上还钉着一颗金刚石的钉子，伤口不断地淌着鲜血。普罗米修斯被笔直地吊在那里，他永远不能入睡，疲惫的双膝忍受着巨大的痛苦却不能弯曲；他必须永远地忍受着饥渴、炎热、寒冷，风吹和雨淋……除此之外，宙斯还派神鹰每天去啄食他的肝脏，但是被吃掉的肝脏随即又会长出来，可怜的普罗米修斯必须忍受剧痛却无法享受死亡带来的解脱。就这样，日复一日，年复一年，普罗米修斯为了人类的幸福，长期地忍受着残酷的痛苦和折磨。

但即便这样也不能使残忍的宙斯内心得到满足，光使普罗米修斯一个人受到惩罚还不能平息他内心的怒火，他还要向普罗米修斯千辛万苦创造出来的人类复仇。于是他命令他的儿子，手艺精妙的火神赫淮斯托斯创造出一个美丽绝伦的少女，少女的美丽令所有的天神惊叹。宙斯希望奥林匹斯的众神都能送给这位少女一件独特的礼物。智慧女神雅典娜赐予她灵巧的手艺，使这位少女能织出人间最美丽的布匹；天后赫拉赐予她女神般的高贵气质和温柔，并亲自给这位少女穿上雪白漂亮的长裙，挂上遮面的披纱，戴上用鲜花扎成的花冠，系上金色的发带；掌管音乐的光明之神阿波罗赐予她天籁般的歌喉和优美典雅的舞姿；神的使者赫尔墨斯把迷惑人心的本领馈赠给这妩媚的姑娘；爱情女神阿佛洛狄忒则赋予她无限的魅力；最后，宙斯又在她的头脑中种植下了好奇心的种子。当这个美丽的少女活灵活现地展现在众神面前的时候，大家给她取名为潘多拉，意思就是"被赐予一切的女人"。

然后，潘多拉接受了宙斯的旨意，去人间嫁给普罗米修斯的弟弟埃庇米修斯。临走之前，宙斯交给了她一个盒子。

宙斯故作神秘地对潘多拉说："潘多拉，我送给你和你未来的丈夫一个盒子作为你们结婚的礼物，但是你要记住，千万不可以打开这个盒子。直到你们死去，都不可以知道这个盒子里装的是什么。"

宙斯是个狡猾狠毒的天神，他已经预料到总有一天潘多拉会禁不住好奇心的驱使而打开它，所以他故意这样说，一来是为了刺激潘多拉的好奇心，二来即便人间因此受尽磨难，作为天神的他也可以免受指责。

身为先知的普罗米修斯早就预料到了人类会遭受灭顶之灾，而且起因是宙斯为他弟弟带来的礼物。于是他在被赫淮斯托斯带走以前就苦口婆心地嘱托埃庇米修斯，千万不要接受宙斯的礼物，希望他的弟弟能够牢记他所说的话。但是他的弟弟埃庇米修斯和他的哥哥拥有的是相反的能力——后知后觉。愚钝单纯的埃庇米修斯见到风姿绰约的潘多拉后，立刻将哥哥所说的话忘到了脑后。他从来没有见过这么漂亮的女人。潘多拉为他展示了所有的才艺，又凭借着迷惑人心的话语把埃庇米修斯迷得神魂颠倒。她告诉他说自己是宙斯赐予他的妻子，这让埃庇米修斯更是乐得合不拢嘴，他忘记了哥哥的警告，高兴地将潘多拉娶为妻子，并与她过上了幸福快乐的生活。

得知弟弟没有听自己的劝告，而是将那个危险的女人留在了身边，普罗米修斯悲痛不已。无可奈何的普罗米修斯只好给弟弟托梦，在梦中严厉地苛责了埃庇米修斯的愚蠢和荒唐，并警告他一定要守住潘多拉带来的盒子，不能让任何人打开它，因为里面装的是狠毒的宙斯带给人类的灾难和报复。埃庇米修斯在梦醒之后非常后悔，他也领悟到自己犯了一个多么愚蠢的错误，并且由于他的鲁莽，人间很可能会遭受巨大的灾难，哥哥所做的一切努力和经历的所有苦难都将付诸东流。但是此时埃庇米修斯已经深深地爱上了美丽温柔的潘多拉，他不忍心将自己心爱的女人赶到别的地方去。于是他背着潘多拉将盒子藏在了屋子中一个隐蔽的角落，并每天不忘叮嘱妻子务必不要去找盒子，更不要妄想打开盒子。

埃庇米修斯果然是后知者，他不知道埋在潘多拉心中好奇的种子正在生根发芽。他依旧每日不忘地重复同样的话来刺激她。就这样一晃三年过去了，潘多拉似乎患了忧郁症，因为她的好奇心已经成长为参天大树，她无法不去顾及丈夫三令五申的警告，可诱惑的藤条却又将她绑缚在痛苦之中。这种痛苦的折磨使她整日精神恍惚，无心再去织布做衣，别人跟她说的话也都听不进去，满脑子都是盒子的秘密。宙斯看到时机成熟了，就幻化成一个老妇人，来到潘多拉身边蛊惑她。她的花言巧语很快就骗得了潘多拉的信任。她隔三岔五地就来给潘多拉讲关于丈夫背叛的故事，这使内心本就脆弱的潘多拉更加惶恐。终于有一天，潘多拉脑子中紧绷的那根弦就像被剪断一样，她再也无法驾驭自己的好奇心，她担心就像老妇人说的那样，丈夫隐藏的盒子里其实是埃庇米修斯背叛她的秘密。她不顾一切地冲回了家中，疯狂地找寻那个盒子。突然，她想起墙角有一个奇怪的洞，开始，她认为那只是普通的耗子洞，可每当她要打扫那里的时候，丈夫都会找各种借口阻拦她，而且语气吞吞吐吐，表情躲躲闪闪。这让潘多拉疑心更重了，她试探性地将手伸进洞中，果然不出所料，她从洞里取出了当初宙斯送给他们的盒子。这个盒子里到底隐藏着什么秘密呢？想到这里，潘多拉的手就像是被万蚁啃噬般奇痒无比，她的内心剧烈地挣扎着，她怕打开盒子会被丈夫责骂，甚至丈夫会在一气之下赶走她。可是不打开盒子，她的痛苦又会与日俱增，这样的感觉使她生不如死⋯⋯

"我就打开一下，就看一眼，看一眼后马上把盒子放回去，不会有人知道的⋯⋯"潘多拉自作聪明地打开了盒子，可是盒子里并没有她想看到的东西。霎时间，里面所有的灾难、瘟疫和祸害像一股浓烟似的一涌而出。在慌乱与害怕中，潘多拉急忙关上了盒子，结果却把盒子中唯一美好的东西——希望也关了起来。从此，各种各样的灾难充满了大地、天空和海洋。疾病日日夜夜在人类中蔓延，肆虐，悄无声息，因为宙斯不让它们发出声响。各种热病在大地上猖獗，死神步履如飞地在人间狂奔。

潘多拉非常后悔，她的好奇心害死了深爱她的丈夫，还有她的朋友，整个地球的人民都在忍受病痛的折磨，然后在恐惧与绝望中死去。她哭喊着呼唤宙斯，请求宙斯拯救大地苍生，可她并不知道这正好称了宙斯的心意，眼前所发生的一切都是众神之父宙斯一手策划出来报复人类的。宙斯冷漠地看着潘多拉，眼神中流露出不屑与嘲讽。

"潘多拉，你不要白费心思了，当初我嘱托你不要打开盒子，可是你不听我的劝告还是打开了。是你放出了苦难与疾病，在希望还没有来得及飞出之前，又愚蠢地关上了盒子。是你阻止了希望来拯救人类，这一切都是你造成的！"宙斯对眼前的卑微女子没有丝毫的同情心，面对她的苦苦哀求与忏悔，竟还是把一切责任推卸给她，这让她更加痛苦与自责。

"伟大的宙斯，如果您不肯拯救他们，不如就引来一场洪水吧！既然所有人都逃不开死亡的命运，就请您大发慈悲让那些被疾病和痛苦纠缠的凡人得以解脱吧。"潘多拉含泪说完了最后一句话便自杀了，她那鲜红的血液和滚烫的泪水唤醒了沉眠在宙斯心中的怜悯，他看着倒在自己脚下的这个因自己的愤怒而生，又因自己的报复而死的女子，决定成全她的心愿。于是他命令海神波塞冬唤醒沉睡的海水，让汹涌的波涛在怒吼中淹没大地万物。刹那间，陆地陷入一片痛苦的哀号声中，房屋被滚滚洪流冲垮了，人类就像弱小的蝼蚁一般在浩荡的水面上扑腾几下便沉下去了……不一会儿，整个世界恢复了宁静。

普罗米修斯早就预料到了会有这样的一天，这是最差的结果。但是聪明的他并没有在宙斯无情的捉弄面前服输。他是个无所不能的发明家，在很久以前普罗米修斯就教会他那两个隐居在山林里的孩子用木头造船，以备不时之需。不出他所料，现在那艘船终于派上了用场。经历了这场洪水袭击之后，这个世界唯一存活的两个人就是普罗米修斯的两个孩子，男孩叫作丢卡利翁，女孩叫作皮拉。

丢卡利翁和皮拉乘着爸爸发明的船来到了一片没有被洪水淹没的森林，开始过上平静的生活。但是久而久之，他们就觉得非常的寂寞。因为世界上只剩下了他们两个人。他们十分难过，因为他们并没有学会爸爸普罗米修斯造人的本领，当他们死后，这个世界上就不会再有人类，爸爸的一切努力也就白费了。

为了平息宙斯的怒火，他们两个人用了很长时间为宙斯建造了一座神庙来祭祀他。宙斯看到了两个人真诚的忏悔，决定原谅他们。他派神使赫尔墨斯来到了丢卡利翁和皮拉所在的山上，并找到了虔诚祈祷的两个人。赫尔墨斯向丢卡利翁和皮拉传达了宙斯的旨意，并询问他们有什么要求。

"亲爱的赫尔墨斯，我和皮拉独自生活在这里实在是太寂寞了，没有人跟我们说话，也没有人和我们一起分享伟大的宙斯的恩德。我们祈求宙斯大发慈悲造出人类，让我们一起为众神祭祀祈祷。"

宙斯被丢卡利翁和皮拉的真诚打动了，他谕示丢卡利翁和皮拉把"他们母亲的骸骨"扔到脑袋后面去。两个人刚开始还不理解，他们不愿意用侮辱母亲的方式获得重生，并且认为宙斯是在捉弄他们。不过经过智慧女神雅典娜的指点，他俩才明白过来，原来宙斯所说的母亲是人类的母亲，就是大地。而大地的骨骸就是石头。于是他们二人将地上的石头都捡了起来，并边走边将石块扔到身后去。神奇的事情出现了，在他们的身后，男人从丢卡利翁所扔的石头中长了出来，女人则从皮拉所扔的石头中长了出来。新的人类便从石头中得到了重生。

宙斯的考验

宙斯和赫尔墨斯乔装成人类来到了人间，他们要考验人类的心灵，但这一旅程似乎并不顺利。

奥林匹斯山上的众神近日无事可做，于是，他们透过法术观察人间，并以此来打发无聊的生活。有一天，众神之父宙斯把众神召集到一起开会。

宙斯说："我们来到奥林匹斯山上已经好几年了，看到人类如此勤劳地工作，我感到十分的欣慰。我想赐予他们更多的礼物，你们说呢？"

太阳神阿波罗最先反驳了宙斯的提议，他皱着眉头说道："敬爱的宙斯，您的想法是伟大而又慈悲的，但我并不同意您这么做。那些人类表面上勤劳、勇敢，但是隐藏在他们憨厚面孔下的却是自私与贪婪。"

太阳神的妹妹月亮女神——阿尔忒弥斯也应和着哥哥的意见说："宙斯，我同意我哥哥的意见。每当我在山林里自如地穿梭，在追逐猎物的过程中寻找快乐的时候，总能听到山林的仙子们在议论人类。她们说人类狡猾而又自私，甚至会为了一点小小的争执自相残杀。他们的心比铁还要坚硬，比石头还要冷漠无情。如果宙斯您还要赐予他们更多的礼物，我想过不了多久他们就要得寸进尺了！"

宙斯的脸色顿时沉了下来，他的声音恐怖而强硬，天空中霎时间电闪雷鸣，汹涌的狂风卷着团团乌云在天空翻滚，那些平日里仗着美丽而恃宠而骄的花儿，此刻也藏起了自己的颜色，她们知道无法再撒娇逗宙斯开心，因为宙斯真的生气了。

智慧女神雅典娜见到情况不妙马上说道："我伟大而又慈爱的父亲宙斯，您先不要生气。我认为人类并不像阿波罗他们说的那样可恶，我时常乔装成凡人去不同的城市，总是能看到他们恭敬虔诚地来我们的神殿祷告。况且您不是不知道，每年的祭祀他们从未怠慢过我们，那些美味可口的贡品都是人类日夜辛劳的成果，他们把最好的东西都送给了我们，而给自己留下的却仅能维持温饱。诸位众神不要太过挑剔，人无完人，必有过错。他们和我们不一样，他们所要吃的苦比在场的每一位神灵都要多。如果你们多用心观察就会看到，每次雨雪风暴降临人间的时候，我们的神殿永远都是最安全的地方。而他们的房子却是漏洞百出，刮风的时候房子会跟着一起摇晃，下雨的时候雨水会侵犯他们的屋子，大雪纷飞的时候他们躲在屋里却还会被严寒冻死……如果他们真如你们想象得那样贪婪自私，就不会把我们的神殿修葺得这般稳固坚实。我认为宙斯应当赐予他们礼物，他们应该得到更多的回报，这是他们尊敬崇拜众神所应得的。"

此时众神都有些激动，他们分成两派辩论不休。看似谁都有理，众口不一的说法让宙斯陷入为难之中。只有天后赫拉最为冷静，她缓缓地向宙斯走去。一头栗色浓密的卷发从肩头滑落至腰际，五官精致而又端庄，小巧的嘴巴上扬至一个完美的弧度，纱质的长裙裹在她高挑而丰腴的身体上呈现出缤纷的色彩，若有似无的笑容不失典雅与尊贵。她那冷傲的威严与大方的尊容让奥林匹斯的众神停止了争吵，大家目不转睛地看着这位美丽尊贵的天后。宙斯盼望着妻子的解救，果不其然，赫拉用她那天籁般富有磁性的嗓音说道："我认为这件事情再争执下去也不会有结果，大家各执己见众说纷纭。倒不如宙斯自己亲自去趟人间调查一番，也好平了此番没有硝烟的嘴仗，让大家恢复平静和气的生活，你们看怎么样呢？"

众神你看看我，我看看你，经过一番的讨论后，他们最终同意了赫拉的建议。

于是在众神的注视下，宙斯和他的小儿子——信使赫尔墨斯乔装成人类的一对父子去往人间了。

往日里风尘仆仆高大强壮的宙斯此时身着一件土灰色的袍子，高大的身材瞬间短小了一大截。袍子上面许多地方明显是打过补丁的，边缘已经脱落出残破的线头。他佝偻着背，几缕稀疏苍白的头发顺着脸颊垂落下来，瘦削的两颊没有一丝血色，像一盏历经风吹日晒而愈渐枯黄的灯，生命的烛火微弱地摇晃着，仿佛一点风吹草动就会被熄灭。皱巴巴的皮肤裹在突兀而又脆弱的骨头上，泥土嵌在皮肤里覆盖了那些细微的纹理，他看起来就像一节枯槁的树枝，没有一点精神和生气。而平日里被称作淘气鬼的赫尔墨斯也褪去了往日鲜亮活泼的外衣，变成一个穷苦家庭落魄的小孩，饥饿和寒冷使他没有平常人家小孩般明亮的眼睛和健壮的身体，他那双枯瘦如柴的手紧紧地握住父亲衣服的一角，在凛冽的寒风中摇摇晃晃。不远处的村庄灯火通明，这对可怜的流浪汉来说无疑是最温馨的情景。他们仿佛看到了希望，就好像在漫漫的沙漠中艰辛跋涉后看到了一片绿洲。但他们此时并不知道，那些看似温馨幸福的一切对于他们来说仅仅是一座燃烧在心底的海市蜃楼。

奥林匹斯神殿的众神们此时还未散去，他们幽默地为宙斯和赫尔墨斯的高超演技打趣，就像看一出好戏一样。

此时的他们也在猜测故事的结局，究竟是像阿波罗兄妹说的一样，人类是贪婪自私一无是处的，还是像雅典娜说的那样，人类是谦卑善良，能够吃苦耐劳的。

宙斯和赫尔墨斯步履蹒跚地来到村口。即便是天上的神，经过一天的长途跋涉，他们也累得够呛了。宙斯靠着树坐在一块大石头上，他一边揉着脚一边抱怨人间地面颠簸不平，他的鞋子本来就已经残破得不成样子，鞋底几乎磨成了薄薄的一层布，鞋面早就已经被划破，都是口子。

"赫尔墨斯，我的小儿子，你怎么样？看我的脚，都快要被这粗糙的大地磨破了。早知道这样，我们还不如驾着云彩过来，又怎么会受这么多的苦！都是赫拉的馊主意，真该让她也来尝尝这种难熬的滋味！"

雅典娜早在神殿里听到了宙斯的这番抱怨，她不屑地看着阿波罗等人说："看见了吧？人世间的苦难是你们这群每天只想着逍遥快活的神灵所无法体会的，连宙斯都忍受不了的苦难人类却必须每天承受，关于这一点，我和我曾经的朋友普罗米修斯早就深有体会，可还是有些自命清高的神对他们的辛劳视而不见，反而把他们贬得一文不值，这些神真是见识短浅，而且站着说话不腰疼！"

阿波罗兄妹被雅典娜的一番话气得怒目圆睁，却没有一句可以反驳的话。阿波罗看着扬扬得意的雅典娜故作沉稳地说："现在高兴未免也太早了，好戏才刚刚开始，人类还没有接受真正的考验，光凭这一点说明不了什么！"

宙斯与赫尔墨斯已经在村口歇了一会儿，到了晚饭的时间，家家户户不断飘来食物的香味。

饥渴难耐的宙斯父子俩早就抵御不住食物的诱惑，他们的肚子在来的时候就已经不停地咕噜噜地抗议了。

"宙斯！我们快走吧，现在正是晚饭的时间，我已经迫不及待地想要接受人类热情而丰盛的招待了！"赫尔墨斯脑子里立刻浮现出温暖的热茶，滑嫩的烧肉，可口的点心和香甜的水果……光是这些，就已经让他垂涎欲滴了。

他们先是敲开了第一户人家的门，一个身材魁梧的男人不由分说地就把他们拽了进去。虽然男人动作非常粗鲁，把宙斯父子俩弄疼了，但他们还是非常高兴，他们认为男人是怕他们站在外面太冷，才这么做的。宙斯满意地打量着男人，等着他盛情邀请他们用餐。可事实似乎并不像他们想的那样。

男人一边搓着手一边笑着对宙斯说："想不到你们还真是听话，叫你们来你们还真来了。你那娇俏动人的姐姐呢？她怎么没亲自来？哈哈，也罢……钱呢？想活命就快点拿出来吧！不然就让你姐姐嫁给我！"

宙斯与赫尔墨斯面面相觑，他们完全被男人的一番话搞懵了……

"请问，您……说的是什么钱呢？我想……您大概是认错人了吧？"赫尔墨斯没有忘记自己乔装的身份，故意用微弱的气息支撑着一字一顿地说完这句话，这声音和男人的声音俨然形成了鲜明的对比，男人的声音是那么霸道雄厚，而赫尔墨斯的每一个动作，每说一个字都是那么的小心翼翼，有气无力。

"什么？那你们是谁？！"男人的脸变得比天气还快，刚刚还是霸道得意的脸立马变得狰狞可怖，他瞪大了眼睛审视着宙斯父子俩，眼神里充满了怒气与杀意。肃杀的气氛与满桌的佳肴交融在一起极不和谐。这一举动惹恼了一直沉默不语的宙斯，从来没有人或者神敢用这么凶悍的语气对他讲话，这根本就是不把他放在眼里。赫尔墨斯毕竟是神，他感应到宙斯有些按捺不住心中的怒火，便用力地拽了一下宙斯的衣角。

"我们原本是住在一个美丽的小城市里，可惜洪水洗劫了我们的家园，我们无家可归又身无分文，逃荒来到这里希望好心人能让我们温暖一下身体，填饱肚子，希望您……"

话还没有说完，男人一把抓住赫尔墨斯和宙斯的衣领把他俩从屋中推了出去。门"咣当"一下子被撞上了。宙斯的耳边只剩下男人不堪入耳的咒骂和残忍呼啸的风声。

"宙斯，您先不要生气，让复仇女神去惩罚他吧！他会一辈子受到良心的谴责与折磨。我们到下一家去看看！我相信那家人一定很好，我们一定会得到热情而真诚的招待的！"

就这样，他们敲开了第二家的门。开门的是一个风姿绰约的女子，她那姣好的容貌甚至可以和女神媲美。只是那难得的美丽并没有延续多久，当她看到两个像乞丐一样落魄的人站在门口的时候，她毫不留情地关上了门，没有给他们任何说话的机会。宙斯隐约地听到她用尖锐而又泼辣的声音叫着："还以为来了个有钱人，难得我如此精心地打扮自己，竟是两个穷鬼！真丧气！喂！门口的两个扫帚星！赶快滚开！我的好心情全被你们破坏了！"这是个愚蠢的女人，她因为没有看透两个乞丐的真身而得罪了他们。她的美丽也在关门的一刹那陷入永恒的黑暗里，然后被寒冷无情的风雪吹散破碎。

当他们敲开第三户人家的门时，一个胖嘟嘟的小脑袋从门缝中探出，同时还有一束狭窄却也足够明亮的光溢了出来。

"请问你们找谁？"小男孩看着两个陌生人问道。

"对不起，打扰了，我们是路过这里的可怜人，我们无家可归而且已经身无分文。请求好心的人施舍给我们一些吃的喝的，让我们填饱肚子。如果可以的话，能不能再借给我们一些温暖。外面太冷了，我们快冻死了。"宙斯高超的演技使他看起来像极了一个可怜的乞丐，他的乞求让奥林匹斯神殿的神们听了都默默流下了同情的泪水。这时，宙斯瘫坐在地上，他们苦苦地哀求着小男孩，涣散的目光使他们看起来更加脆弱甚至要奄奄一息。

"爸爸……有两个可怜的乞丐……"

"快关门进来！跟他们说我们家也没有吃的，我们也穷得要死！"

小男孩听了爸爸的话把门紧紧地关上了。那原本狭窄的光亮又破灭了。只剩下宙斯和赫尔墨斯孤独地站在这茫茫寒冷的黑夜。屋内的人并不知道，门口的两位天神早已经看透了他们的把戏，甚至早在敲门以前就已经用法术看到了屋内的一切。

他们又敲了十多户人家的门，结果都大同小异。宙斯和赫尔墨斯把自己的"不幸遭遇"向这些人家重复了十多遍，却终究也没遇到他们所说的"好心人"。

两位天神在饥饿与寒冷的折磨下渐渐失去了耐心，这和他们原本想象的不一样，甚至比他们预想的要坏得多。他们受到了不礼貌的待遇，所走过的房屋个个灯火辉煌，这是一个富有的村庄，可是这些人的内心却十分贫穷。

人间发生的一切当然逃不过众神的眼睛，之前被雅典娜说得哑口无言的阿波罗兄妹终于找到了机会，"看到了吧，雅典娜，你维护的人类就是这样的吗？面对连神都心生悲悯的可怜的人，他们竟然连一点同情心都没有。同为人类，却对同类的生命熟视无睹。他们的善良、正直和勤劳都去了哪里？像这种自私自利的人类就该给他们最严厉的惩罚！"

怒火与失望充斥了宙斯的双眼，他恨不得马上变回原形用他最厉害的雷电惩罚这群冷酷无情的人。就在这时，赫尔墨斯看到不远处还有一户人家。

"宙斯，先不要急于惩罚这群无情的人，你看远处，还有一户人家我们没有去。我们应该去看看再做决定。"

"我认为已经没有必要再看了，结果都是一样的。但既然你执意要去，我就尊重你的意见。我的儿子赫尔墨斯，我们就再一起去看看吧。"

这时候，天已经快亮了。两位天神走到最后一户人家的门前，眼前的房屋比之前所走过的房屋要破旧许多，或者说，这根本不像房子。房子最下面的木头由于长时间的风吹日晒，雨雪浸泡，再加上虫子的啃食，已经残缺不全。代替它们的是一些凹凸不平，大小不一的石块。如果仔细观察就会发现这个小房子是倾斜的。房顶是用一些稀疏的枯草铺就而成的，与那些纯木制的房子极不协调。正在宙斯考虑要不要敲门的时候，一位年迈的老婆婆拄着拐杖开门走出来。看到站在门口的两个人，老婆婆十分惊喜，她开心地拉他们进去坐。这是一对老夫妇的家，屋子十分狭小，仅有三张高矮不齐的椅子以及一张凹凸不平的桌子。还有几样不值一提的摆设，十分简陋。这让宙斯他们十分不解，他们认为这个老婆婆一定没安好心，就像这个村子里的人一样黑心残忍。于是就静静地坐着不露声色，等这家人露出破绽。果不其然，没一会儿的工夫这对老夫妻就开始躲在角落里窃窃私语，宙斯他们根本不屑于知道他们说的是什么，只是等着看这对老夫妇用怎样的借口把他们打发走，或者提出其他更过分的要求。

老婆婆满面羞愧地走了过来，她几次欲言又止，面露难色。聪明的赫尔墨斯看出了其中的端倪，笑着说道："您有什么为难的事吗？但说无妨。如果是想让我们走，没关系，我们已经习惯了。"

"不，不……尊贵的客人，我想您误会了。但这的确是一件令人难以启齿的事。我们真的感到万分的羞愧，您能够不嫌弃来我们家中做客，是我和老头子一生当中莫大的荣幸。已经好久没有人来我们家了。只是，我们没有可口的饭菜和美酒招待你们，只有一些粗茶淡饭，而且，我们仅有的粮食也不知道能不能让两位客人吃饱，但希望你们不要生气。"

老婆婆的一席话让两位天神瞠目结舌，看着老婆婆眼眶中泛着惭愧的泪花，宙斯心中的怒火顿时被浇灭了。赫尔墨斯敬佩地看着老婆婆的背影小声地与宙斯商量起来。

过了一会儿，老夫妇捧着仅有的几碟饭菜端了上来，上面还有一个被均匀地分成两半的鸡蛋。

年迈的老人握着老婆婆的手有些窘迫，他不好意思地笑了笑，又像个小孩子一样挠了挠白花花的头。

"对不起啊，尊贵的客人，我和老婆子商量了一下，把家里能吃的东西都拿出来了，看你们是如此的饥饿寒冷，想必已经好几天没吃过饭了。不知道这些饭菜够不够。这个鸡蛋，是很久以前我和老婆子上山拣柴的时候发现的，我们俩都没舍得吃，就一直放到了今天。可惜只有一个，就委屈两位客人一人一半了。饭菜快凉了，两位客人还是赶快吃下去吧！"说罢，老人就握着老婆婆的手向门口走去了。

"那你们吃什么呢？你们也没有吃饭吧？一起吃吧！"赫尔墨斯连忙说着。

"客人不用担心我们，我们不饿，顺便去山上拣些果子就能充饥了。"

就在这时，宙斯和赫尔墨斯纷纷站起身来用法术变回了天神的样子。整个房屋闪烁着光彩照人的金色光芒。两位老人看到这一景象都惊呆了，愣在那里半天没有回过神来。

当他们反应过来，发现是两位威严神圣的天神站在他们眼前的时候，他们纷纷低下了头，一边流着泪一边说："对不起，尊敬的宙斯和赫尔墨斯，请恕我们愚昧，没有认出两位天神的真正面孔，竟还愚蠢地邀请两位尊贵的神来我们寒酸的房子做客，以至于怠慢了两位天神。我们诚恳地请求两位天神责罚。"

赫尔墨斯微笑着把他们扶起来，拭去了他们脸上的泪水，把他们带到宙斯的面前。

"宙斯，看来我们没有白来这一趟。我从来没有见到过如此真诚善良的人。他们的爱心深深地感动了我，我希望您可以赐予他们无价的礼物，给那些冷酷无情的家伙们最严厉的惩罚！"

宙斯点了点头，他温和地对这对夫妇说："两位善良的人啊，我将赐予你们无价的礼物，你们再也不用经历苦难的折磨，虽然你们很贫穷，但是你们的内心美丽而富有。是你们的善良正直和真诚带给了你们幸福。请你们随我而来，我要带你们去一个美好的地方。而那些冷酷无情、贪婪自私的人们将受到最严酷的惩罚。他们要为他们的过错付出最惨痛的代价。"

宙斯给整个村庄施了法术，一眨眼的工夫整片村庄便陷入了一片泥沼之中。那些自私冷漠的人被惩罚后，一切又恢复了往日的安宁。

"你们不用担心，我会把你们的房子变成宫殿，让你们过上安逸富庶的生活。"

"不，伟大的宙斯，请允许我们老两口成为守护您的使者，我们唯一的愿望就是守护您一直到我们死去。"

就这样，由于老夫妇的恳切请求，他们被安排做宙斯神殿的守护者。他们每天都过着安逸祥和的生活，到最后，他们变成了白蜡树和菩提树，紧紧地依偎在神殿前的路旁。

弥达斯的黄金手和驴耳朵

国王弥达斯是世界上最具有传奇色彩的国王，他有着一双黄金手，但还是不满足，这是为什么呢？又是什么使他的黄金手变成了驴耳朵呢？

在遥远的希腊有一个强盛富庶的国家叫佛律癸亚，国王戈尔迪亚斯十分聪明能干。在他去世后，他的儿子弥达斯继承了王位，统治着佛律癸亚。但是弥达斯远远不如他的父亲精明能干，他是一个众所周知的愚蠢而又贪婪的国王，没有人喜欢他。但他自认为自己是全天下最聪明的人，没有谁的智慧能比得上他。他不像其他的国王一样爱国家，爱人民，他只爱金子。

　　有一天，酒神狄俄尼索斯的老师西勒诺斯趁着喝醉酒偷偷地溜了出去。这个醉醺醺的西勒诺斯是个逍遥快活的老精灵，他喜欢到处游山玩水，他还喜欢肆无忌惮地和人开玩笑，也正因为如此，他没少惹出麻烦。

　　他摇摇晃晃地来到了佛律癸亚的一座山上，大声地唱着歌。由于他的歌声实在是太难听了，把山林里栖息的鸟儿都吓跑了，他的歌声传到哪儿，哪儿的植物就会剧烈摇晃，动物们都会因为无法忍受而四下逃窜。正因为如此，在山上打猎的人们忙活了半天却还是一无所获。他们恼羞成怒地找到了一身酒气的西勒诺斯。

"嘿！老头！你别唱了！你的歌声实在是太难听了！比噪音还要刺耳一百倍，把我们的猎物都给吓跑了！"其中的一个壮汉怒气冲冲地瞪着西勒诺斯，眼神中放射出无比的怨恨。

西勒诺斯就好像没看到他们一样，不理会他们的威胁和警告，继续走自己的路，唱着难听走调的歌曲。

那几个农民见此情景，顿时暴跳如雷。刺耳的声音再加上没有收获的烦躁使他们再也无法心平气和地和这个傲慢无理的老头说话。那名壮汉一把扯过西勒诺斯的衣领，大声地对他吼道："你这个可恶的老头！我命令你不许再唱了！赶紧滚出这片林子！你听不到我的话吗？就是因为你，害得我们没法打猎，没让你赔偿我们宝贵的时间就算是对你够仁慈的了！你怎么这样不识好歹！？"

西勒诺斯懒洋洋地瞥了一眼壮汉，笑着说："你们这群人还真是奇怪，自己没有本事打到猎物，却要怪到我头上，不过如果你们肯按照我说的做，我也许会帮到你们！"

那几个农民听了西勒诺斯的话，面面相觑。他们细细地打量着这个醉老头，不知道他说的是真还是假。不过，最后他们还是决定暂时相信这个老头说的话。就这样，他们按照西勒诺斯的指示干这干那，有的人给西勒诺斯捏肩捶腿，有的人为他采集新鲜的野果，还有的人不顾尊严绕着树跑，学狗叫逗西勒诺斯开心。就这么胡乱地折腾了一通后，西勒诺斯满意地召集了他们所有人，让他们俯下身子侧耳倾听，仿佛是要说什么大秘密似的。

　　"这可是神的秘密，本来我是不能告诉你们的，但见到你们如此诚恳，我倒是愿意透露给你们一些……"西勒诺斯故作神秘地冲着他们挑了挑眉毛，眨了眨眼睛。这几个人赶紧把耳朵凑得更近了，他们内心都抑制不住喜悦和期待，那专注的样子就像在等待神灵赐予他们无限的殊荣。

　　就在他们全神贯注地倾听西勒诺斯讲话时，西勒诺斯突然大声地叫喊道："你们还是放弃打猎吧！因为你们太愚蠢啦！哈哈哈哈……"

　　几个人被西勒诺斯的这句话震得纷纷龇牙咧嘴地堵住了耳朵，有的甚至没站稳直接跌倒在地上，看着西勒诺斯开怀大笑的样子，他们恨不得杀了这个戏弄他们的臭老头！他们挥起拳头狠狠地向西勒诺斯砸去，但西勒诺斯是个狡猾的家伙，他用法术将树和别人变成了自己的模样，这样不仅自己毫发未伤，倒使那些农民莫名其妙地起了内乱，场面一下子就乱了。当他们发现打错了人停下手时，既气愤又奇怪。一通折腾下来，他们已经累得气喘吁吁了。该怎么办呢，他们害怕狡猾的西勒诺斯再耍什么花招，又不想轻易地放过这个戏弄并侮辱了他们的外城人。于是几个人一商量，用牢固的绳子将西勒诺斯捆了起来，把他押到了国王弥达斯的宫殿。

这群不速之客的到来打搅了弥达斯的午休，他心不在焉地听这几个农民诉说他们的委屈，可心里正在回味刚刚被他们吵醒的美梦。他不耐烦地说道："好了好了，我知道了，随便你们怎么处置吧，把他杀了或者暴揍一顿或者赶出城，随你们便的！本王的美梦都被你们吵醒了，真是讨厌！"

"不，国王，您说的那些方法我们都尝试过了，但是这个狡猾的老头是个会法术的人，我们奈何不了他。不如您下达命令，将他遣送到阿波罗的神殿，让伟大的阿波罗来处置他吧！"几个农民不依不饶。

弥达斯听到说这个被捆绑的醉老头会法术，他顿时有了兴趣，走到了西勒诺斯的面前。此时的西勒诺斯虽然四肢被紧紧地捆绑起来，却也睡得特别香甜。弥达斯仔细地端详了他的容貌，觉得特别熟悉，但是他那个蠢脑子什么也记不起来。在侍从的提醒下，他忽然记起自己曾经在参加酒神舞会的时候见到过他，他就是大名鼎鼎的酒神狄俄尼索斯的老师——西勒诺斯。弥达斯深知闯了大祸，后悔不已，他焦急地在宫殿里踱来踱去，豆大的汗珠不停地从额头上滚落下来。

"我该怎么办，我该怎么办，我愚蠢的子民竟然对狄俄尼索斯的老师暴力相向，如果让狄俄尼索斯知道这件事，我们全都吃不了兜着走！"

这时，弥达斯身边的一个谋臣悄悄地走到了弥达斯的身边，伏在他的耳边说："我伟大而智慧的国王，您不必六神无主，我有一个好主意。您可以在西勒诺斯醒来之前杀掉那些愚蠢的农民，再在西勒诺斯醒来之后好好地款待他，并告诉他您已经帮他收拾掉了那些对他不敬的人。这样一来，您既不会受到连累，也可以充分显示出您的智慧与您对神的崇拜。"

弥达斯听了他的话，悬着的心顿时放了下来，他决定按照大臣的建议去做，于是他立刻命人砍死了那些前来告状的农民，并毕恭毕敬地盛情款待了西勒诺斯。不知不觉，十天就这么过去了。西勒诺斯在弥达斯那里受到了最好最热情的招待。还从来没有人这样崇拜过他，西勒诺斯感到十分满意。

另一方面，酒神狄俄尼索斯一行为了庆祝节日举办的盛会眼看就要开始了，可是他却怎么也找不到他的老师西勒诺斯了，这可急坏了爱师如父的狄俄尼索斯。他苦苦地寻找了十天，却没有老师的半点消息。这件事情被弥达斯的手下知道后立刻汇报给了弥达斯，弥达斯正愁没有办法送走西勒诺斯呢。弥达斯虽然富有，但他是个一毛不拔的铁公鸡，全国人都知道他有多吝啬。盛情款待了西勒诺斯十天，王宫里的开销如流水一般，这可把弥达斯心疼坏了。听到这个消息，弥达斯喜出望外，几乎从宝座上跳了起来，他马上差人将西勒诺斯送还给了狄俄尼索斯。

狄俄尼索斯见到失踪许久的老师后高兴不已，而西勒诺斯也没有辜负弥达斯的小算盘，将他这十天快乐的经过告诉给了狄俄尼索斯。狄俄尼索斯很快就来到了弥达斯的宫殿，他十分感激这个收容了自己老师的好心的国王。

"心地善良的弥达斯，你帮助了我的老师，就等于帮助了我，我十分感激你的慷慨与大方。我愿意成全你的一个心愿，请你不要客气，尽管说出来就好。"

"哦，尊贵伟大的酒神，我对您的崇拜胜过了一切，帮助您是我分内的事情，我感到万分的荣幸，如果您真的愿意成全我的一个小小的心愿，那我就不客气了。老实说，这是我的一个苦恼，十天以前正当我午休时，我做了一个非常美妙的梦，我梦到我的手充满了魔力，手指触碰到哪里，哪里就会变成金子，我是多么地喜爱金子啊，没有了金子，我的人生就一点都不快乐。如果您可以帮我实现这个心愿，我会永远感激您的。"弥达斯贪婪的双眼紧紧地盯着酒神，仿佛要将狄俄尼索斯活活地吞下去。

狄俄尼索斯沉默了一会儿，严肃地说道："弥达斯，你真的希望这样吗？要知道，你可以选择比这个更好的礼物，比如说一份完美的爱情，或者永远的和平，或者……要知道，你所要求的愿望可并不是什么聪明的选择。"

愚蠢的弥达斯并没有领会狄俄尼索斯的暗示，他依然不假思索地坚持最初的愿望。弥达斯无奈地叹了口气，将点石成金的法术传给了弥达斯。

弥达斯送走了狄俄尼索斯之后，更加肆无忌惮地暴露出他嗜金如命的本性，整天像只猴子似的上蹿下跳，将所有手能触碰到的地方都变成了炫目璀璨的黄金，就像他的梦一样。终于桌子，椅子，墙壁，地板，窗户，门……他的整座宫殿都变成了黄金宫殿。他也变成了世界上最富有的国王，他住的宫殿是世界上最豪华的宫殿。他开心极了，愚蠢的弥达斯终于实现了他这辈子最大的梦想。到了傍晚的时候，他感到饥肠辘辘，于是他命令身边的侍卫将最好的食物给他端来。他心想：这下我可以吃最可口的食物，穿最昂贵的衣服，可以随意挥霍，做我想做的事情。我是最富有的国王，我有取之不尽用之不竭的金子，不用担心有一天会变得贫穷，哈哈哈哈哈……

　　这一天是他有生以来心情最好最快乐的一天，所以他的食欲也变得特别好。宫殿的厨师忙忙碌碌地做了一大桌子丰盛的饭菜给他送了过去。色泽鲜亮的菜肴使弥达斯差点流出了口水，他一把抓起一个饱满肥硕的鸡腿，正要塞进嘴里的时候，一口咬去，巨大的疼痛感让他站在原地直转圈，与此同时，三颗沾满鲜血的牙齿也从他口中脱落，掉到了地上。弥达斯仔细一看，原来是手中的鸡腿不知道什么时候竟然变成了硬邦邦的黄金，他顿时暴跳如雷，不分青红皂白地就下令把还在厨房为他烹煮菜肴的厨师给杀了。他在宫殿里大声地怒吼，所有的人都害怕得不敢吭声。过了一会儿，口渴的他举起酒杯正要一饮而尽，却发现杯中的酒竟然也变成了金子，一滴都没有流进他的嘴里。这时，他突然想起自己的手被狄俄尼索斯赋予了点石成金的魔力，所以无论碰到什么都会变成金子。这可怎么办呢？他没办法亲自动手吃饭了。他想了一会儿，脑子里蹦出一个他认为不错的主意。可以让侍卫喂他吃饭，虽然这样十分麻烦，但是和无尽的金子比起来，这点困难又算得了什么呢。于是，他命令身边的一个侍卫拿着食物喂他，可是，用别人的手吃饭终究不如用自己的手吃饭那么方便，而且，他是一个凶暴的国王，所有人都怕他。侍卫在给弥达斯喂饭的时候，手会情不自禁地颤抖，这让弥达斯根本没办法吃好饭。

"喂！我说你别抖了！你的手总是颤抖让我怎么吃好饭？"不耐烦的弥达斯一把扯过侍卫的胳膊，就在那一刹那，侍卫由一个活生生的人变成了一个金子雕像。在场的人看到这一幕都惊呆了，他们尖叫着疯狂地跑了出去，没有人愿意再陪在弥达斯的身边，因为他们害怕一旦被弥达斯碰到，自己也会变成金子。他的事情就像风一样，沸沸扬扬地传遍全国。所有人都拿着他的画像小心翼翼地在街上行走，甚至有些人因为怕遇到微服出巡的弥达斯而足不出户。弥达斯就像一场人人畏惧的瘟疫，无论他走到哪里，人们都躲他远远的，没有人愿意听他话，没有人再像以前一样讨好他，接近他。举国上下没有一个人不讨厌他。就连他的王后也背弃了他，逃到了别的国家。这样，一连好几天，国王弥达斯滴水未进，他饥渴的身体变得又干又瘦，如果再这样下去，他一定会死掉。他绝望地躺在已经被他变成金子的硬邦邦的床上，绝望地看着空无一人冷冰冰的宫殿，心中充满了无尽的悔恨。眼泪滴落到他枯槁的手指上立刻变成了一颗金粒。此时的他无比地仇恨这该死的金子，若不是金子，他也不会落得这步田地。他曾经以为金子象征着一切，有了金子他就是世界上最富有的人。可是现在，他哭笑不得地看着自己的手，才发现，他虽然拥有了无尽的金子，但是他却是全世界最贫穷的人。他羡慕街上的流浪汉用手乞讨食物然后大口大口吞咽后幸福的表情，他羡慕那些有妻子打理家务，帮他们耕织洗衣的男人，他羡慕几个人一起谈笑风生的场面……他确实拥有了别人都羡慕的金子，可作为愚蠢贪婪的代价，他却失去了普通百姓能够拥有的一切。

正当他紧闭双眼等着灵魂被放逐到阴间的时候，他听到了宫殿里传来"爸爸"的声音。哦，是他的女儿，是他的女儿回来了！此时的他特别幸福，看着小女儿一边往自己这里奔跑一边大喊："爸爸……我来看你来了，我好想你！"弥达斯的内心无比满足。他高兴地忘记了一切，紧紧地用手臂抱住了扑倒在他怀里撒娇的小女儿。

"不！不！不要这样！不要这样啊……"可是已经晚了。弥达斯抱着变成金子的女儿的雕像，眼泪流成了河。

"不……都是我的错……都是我的错，我的宝贝女儿才小小年纪就失去了生命……我该怎么办！我不能让她就这样死去，她是那么的爱我，在我最孤独的时候愿意背着我的妻子来看我……可我以前是多么的愚蠢，我从来没有好好地陪她玩耍，从来没有给她讲过有趣的故事，从来没有在她害怕的时候给她一个温暖的拥抱……是我的错……神啊！如果我的愚蠢得罪了您，请您惩罚我，宽恕我这无辜的小女儿吧！"弥达斯痛苦万分。他决定亲自去找狄俄尼索斯，请他收回法术，并把所有受他连累的人都挽救回来，特别是他的小女儿。

弥达斯翻过了好几座高山，游过了好几条河流，吃尽了所有的苦头，他用尽最后一丝力气来到了狄俄尼索斯神殿，还没走进去就昏倒在大殿前。守卫的祭司看到了他便把他抬了进去。当他醒来的时候，狄俄尼索斯正在他的面前打量着他。

"请问你是谁，来到我的神殿有什么事吗？"

"我敬爱的酒神狄俄尼索斯，难道你忘了吗？我就是那个请求您赐予我一双变物成金的双手的愚蠢的弥达斯。"

"弥达斯？你是弥达斯？哦！我的天哪！我的好朋友，你怎么会变成这副模样？看你消瘦的样子，和半个月以前的你简直判若两人啊！若不是你告诉我，我还以为你是路过行乞的流浪汉呢！"狄俄尼索斯诧异地看着眼前的弥达斯，但他内心早就明白了是怎么一回事。

"尊贵的狄俄尼索斯，恕我冒昧，又厚着脸皮来找您，您把我当成好朋友，可我却辜负了您的圣恩。请您把当初赋予我的法术收回去吧，我实在是太痛苦了。现在的我无法吃到任何食物，周围的人都离我而去，就连最爱我的小女儿，都被我变成了金子雕像。我真的太可怜了……"说到这里，弥达斯不禁痛哭起来。

"哦，我的老朋友，我当初可是劝过你的，可愚蠢的贪婪蒙蔽了你的内心，你不听我的劝告，固执地坚持你的选择，造成现在的局面，你是怪不得别人的。你还是走吧，我没办法帮助你。"狄俄尼索斯转过头去不再看他。

"求求您了，我知道是我的愚蠢犯了错，我真的知错了，我愿意接受惩罚，就看在我曾经也搭救过您的老师的分上，拜托您再帮我一次吧。"弥达斯的样子别提有多可怜了，也许所有人见了都会被他的样子打动而去帮助他，但是狄俄尼索斯仍然没有理会他。

"你不要再说了，我不会帮助虚荣贪婪而又满口谎言的人。你还是自己想想清楚吧！"

"不……不……狄俄尼索斯您别走，您听我说。我清楚，您什么都知道，当初我帮助西勒诺斯并不是出于好心，懦弱和虚荣让我变得愚蠢。求您原谅我，我一定会痛改前非。我真是自掘坟墓，我已经尝到了痛苦的滋味，也受尽了责罚，您是那么的善良而充满智慧，求您再帮我一次，我可以接受任何考验！"弥达斯的誓言的确打动了狄俄尼索斯，他想了想，决定给弥达斯一个改过自新的机会，但同时也要让他再经受一次考验。于是他转过头，看着卑微可怜的弥达斯叹了口气。

"弥达斯，你的诚心打动了我，我可以帮助你。但是我希望你可以记住今天的话，我随时都在关注着你。你走出我的神殿后一直往西走，直到看到一条清澈的河，那条河叫作帕克托罗斯河，然后跳下去，用清凉的河水洗刷你黄金的罪孽。这样，你的法力就会自动消失了。"

弥达斯连忙对着狄俄尼索斯磕了三个头，便掉头往西跑了。跑了不远后他看到了帕克托罗斯河，便不由分说地一头扎了进去，顿时，他手上的法力全都转移到了河水上，流动的河水瞬间就变成了细细的金沙。弥达斯从金沙中爬上岸时用双手触摸了所有他能够触摸的地方，法力果然消失了，他终于又可以过普通人的生活了。开心的他又马不停蹄地赶回了狄俄尼索斯的宫殿，为了感谢狄俄尼索斯的不计前嫌和救命之恩，他愿意听狄俄尼索斯的吩咐，任他随意差遣。狄俄尼索斯想，这正是考验他的一个大好机会，他要看看弥达斯在经过这次教训后有没有变得聪明一点。

　　离狄俄尼索斯神殿不远处有一座山，那里居住着牧神潘，以及成百上千的精灵们。潘是个热爱自由和快乐的神，最近，他又迷上了音乐，于是，森林就变成了他的演奏舞台，由于生活太过无聊，所以每当他吹箫或者拉琴的时候，所有精灵和动物都会来捧场，座无虚席，场面异常热闹。这让潘异常得意，他认为自己是音乐方面的天才，所以坚持要和神界第一的音乐天才阿波罗较量一番。阿波罗也是一个心高气傲的人，有人这样狂妄地挑战他，他当然会参加，而且会让挑战的那个人输得无地自容。

　　就在第二天，阿波罗到牧神所在的山上前来应战。这个场面比以往还要盛大，不仅有精灵和动物，许多支持阿波罗的神和精灵也从不同的地方相约赶来为阿波罗助阵。在比赛没开始的时候，两方还相持不休，山上的精灵和动物都站在牧神潘的那一边，因为他们是潘的家人和朋友，他们要力挺潘；各方的神和精灵站在阿波罗那一边，因为他们始终相信阿波罗的音乐才华是无人能及的。

　　比赛正式开始了，作为裁判的特摩罗斯让牧神潘首先来演奏。而受到狄俄尼索斯所托的作为副裁判的弥达斯则在一旁静静地关注着。牧神潘演奏完一曲后，引来了一阵掌声，大家纷纷点头微笑，赞叹潘所奏出的美妙乐章。阿波罗不屑地看着潘，还没等裁判宣布开始，就自顾自地演奏起来。他的曲子一开始，全场便瞬间安静下来，阿波罗所演奏的音符就像是充满了魔力，所有人都自觉地闭上了嘴巴，他们纷纷闭上了眼睛，倾听这动人的音乐所诉说的感人故事。当阿波罗演奏到一半的时候，大家都不约而同地流下了眼泪，有的人甚至失声痛哭。比赛结束了，所有人的脸上都挂着晶莹的泪珠，但唯独弥达斯无动于衷。裁判特摩罗斯当机立断，决定将胜利的荣耀赐予阿波罗。毕竟阿波罗是真正的音乐天才，从小到大在音乐方面一直有高超的天分，这一点，连宙斯都给予肯定。而牧神潘只是近日兴趣乍起，虽然他也演奏出了美妙的乐曲，但是他的曲子是没有灵魂的。他对音乐的渗透和感悟及不上阿波罗的十分之一。正因为这一点，当初所有支持牧神潘的精灵和动物都转而支持了阿波罗。因为他们坚信，有生命，能够打动人心的音乐才是真正的好音乐。于是，所有人都对裁判判定的这一结果表示赞同。他们开心地看着阿波罗接过奖杯，就连牧神潘也释然地恭喜阿波罗，他输得心服口服。正在这时，一直沉默的弥达斯突然跳了出来，趁阿波罗不注意一把抢过了他手中的奖杯，大声地抗议着。

"我反对判决的结果！我觉得潘的演奏胜过阿波罗！我支持潘，我要判决牧神潘胜利，我是狄俄尼索斯委任的裁判，而且我还是国王，我的话也很有分量！如果你们不听从我的判决，那只能充分证明这场比赛是有失公允的！一定是阿波罗仗着众神的宠爱和宙斯的偏爱暗中威胁了特摩罗斯！"

阿波罗简直无法容忍弥达斯拙劣的音乐欣赏能力，他是一个不学无术的外行人，却还如此大言不惭地说那些不负责任的话。生气的阿波罗一把拉过弥达斯的耳朵，霎时间，弥达斯的耳朵被拉得很长，变成了驴耳朵。就连狄俄尼索斯也不再维护他，他认为阿波罗对弥达斯的惩罚没有错，因为弥达斯还是一如既往地自大和愚蠢。这就是让他谨记教训的最好惩罚。

从那以后，弥达斯对自己的不幸感到十分羞愧，只好整天戴着头巾来遮掩这对耻辱的驴耳朵。全国上下只有弥达斯的理发师知道这个秘密，不过弥达斯以国王的身份命令他不要说出去，一旦这个秘密被人知道他就要被五马分尸。理发师被吓坏了，为了保命，他只有把这个秘密放在心里。可理发师又是一个不折不扣的大嘴巴，他的嘴就跟喇叭似的，所有的秘密到了他那里都会被放大出去，直到无人不知为止。久而久之，理发师实在心痒难耐，但是他又担心国王一气之下会杀了他，所以他就在地上挖了一个洞，然后对着洞口大喊说："弥达斯王有一对驴耳朵！"喊完之后再把洞填平。可谁知道，真正不可思议的是，在那以后，被填平的洞上竟然长出一丛芦苇，风一吹就发出"弥达斯王有一对驴耳朵"的声音，结果把弥达斯的秘密泄露给了所有人。

从此以后，弥达斯更加没脸见人了，到死为止，他都一直躲在宫殿里。

丘比特的爱情（上）

希腊的小城诞生了一位美丽的公主，但是她的美丽触犯
了善妒的维纳斯，维纳斯要带给她最严酷的诅咒……

在遥远的希腊有一个小城邦，那里的人们美丽而善良。他们平日里最信奉的神灵就是爱与美的女神——维纳斯。小城邦到处都建有维纳斯的庙宇，漂亮而温馨。人们尊重她，热爱她，总是把最好的祭品献给她。因此这个小城邦也得到了维纳斯的青睐与庇佑，那里的百姓一直过着安逸而又幸福的生活。

　　维纳斯的祝福也使小城邦的国王和王后获得了最宝贵的礼物，那就是他们的三个女儿。她们个个如花似玉，落落大方。特别是国王的小女儿，王国的三公主，她的名字叫普绪客。她有着倾国倾城的美貌和婀娜娉婷的体态。她有着一头令人羡慕的金发，就像是金子做的瀑布。水灵灵的大眼睛嵌在那张小巧的脸上，胜过世界上所有的钻石珍宝。她那白皙细嫩的皮肤在阳光下几乎变成了透明色，晶莹剔透得十分炫目。所有见过她的人都会惊愕到说不出来话，他们把她作为王国的骄傲，胜过一切的宝贝，逢人便夸，甚至把世界上最美好的词都用在她身上也不为过。每天都有无数的人来到王宫一睹她的风采，三公主待人亲善友好，她的每一个微笑都能给这小小的城邦注入新的活力，让年轻的壮士忘记了懒惰，变得更加勤奋勇敢，让城里的女人们忘记了嫉妒与攀比，变得更加贤惠端庄……

就这样，随着时间的流逝，普绪客已经长成一个美貌绝伦的大姑娘。人们逐渐淡忘了美神维纳斯，他们甚至认为普绪客的美丽已经远远胜过维纳斯，人们把她当成了美神崇拜。维纳斯的庙宇开始被冷落，去献祭的人越来越少，后来简直门可罗雀；供桌上到处是灰，地上的尘土已积了很厚，庙宇的墙角也有了蜘蛛网。女神看到这种情况不由得大怒，当她得知世间竟然还有如此美丽的女子存在时，非常的嫉妒，她认为普绪客的美丽已经狂妄到不把她这个高高在上的女神放在眼里的地步，人们都因为这个普绪客而不再尊敬她，她必须要惩罚这个美貌过人的姑娘。

"丘比特，我亲爱的儿子，赶快回到我的身边来。你的母亲受到了人类的侮辱，我要你代替我去惩罚这个狂妄的人，为我报仇。"

"嗯，好的妈妈……您希望我做什么？"丘比特第一次看到维纳斯如此生气，她平日里美丽温柔的笑容此时都化作了团团的怒火，一发而不可收。

"希腊一个小城邦的国王有三个女儿，我要你去惩罚他的三女儿普绪客，她凭借她的美丽越来越狂妄骄傲，深深地伤害了妈妈的自尊心。我这样仁慈地庇佑他们的子民，他们非但不感恩戴德施以回报，反而受这个坏女人的蛊惑冷落我。真是太过分了！我要你把爱情之箭同时射向她和怪物，我要让她为她的虚荣与自大付出代价。她休想得到像她的容貌一样美丽的爱情！"维纳斯咬牙切齿地对儿子诉说着内心的愤恨，说罢她便头也不回地回到自己的神殿去了。

丘比特被母亲的诅咒吓了一跳，他从没想到母亲竟然会发这么大的火，并且施下了如此恶毒的诅咒。美丽的爱情对于年轻的女孩子是多么的重要，普绪客真的像妈妈说的那样虚荣狂妄吗？她究竟拥有怎样的美丽竟然让妈妈如此嫉妒……一连串的疑问让丘比特决定先去一探究竟，虽然母命难违，也绝不能草率行事。

丘比特幻化成人类的小孩来到了城邦里，他逢人便打听这位美丽的公主。而他所问过的所有人都开心地回答他的问题，并且滔滔不绝地讲述着普绪客的美丽与善良。这使本来就陷在糊涂中的丘比特更加奇怪了，为什么大家口中的普绪客与母亲口中的坏女人如此大相径庭呢？他决定要亲自试探一下这个传奇般的公主。

第二天一早，城邦的人们就开始忙于布置街道，打扫街边的每个角落。人们都期待着临近正午时分举行的普绪客公主游街盛典。因为这一天就是普绪客成年的日子，举国上下都十分看重这件事，早早地就做好了准备。

终于，伴着隆重的奏乐，盛大的庆典开始了。美丽的公主缓缓地踱出宫殿的大门，沿着鲜亮的红地毯出现在人们的视线中。身边的侍女在她旁边洒下了漫天的花瓣。美丽的普绪客身着一条白色的礼裙，长长的裙摆在春风的吹拂下飘扬出一条优美的弧线；缤纷多彩的花环缠绕在她那白皙细嫩的胳膊上，在阳光的照射下晕出亮丽的光圈。粉嫩的双颊就像春雨后吐露羞涩的桃花，所有美丽的颜色都在她的身上绽放芳华。她时不时地向两边的百姓招招手或者点点头，那一颦一笑在活泼中又不失优雅。所有人都被她的美貌惊呆了，包括挤在人群中的丘比特。除了他的妈妈维纳斯，他还从未见过这么美丽的姑娘。她的容貌超过了所有的女神和精灵，甚至在许多地方就算美神维纳斯与她相比也会黯然失色。但这并没有使丘比特忘记此行的目的，他没有忘记母亲凌厉愤怒地嘱托他要报复惩罚这个美丽的少女。他默默地想：也许这个公主只是外表美丽，内心恶毒。所以我一定不要被她的美貌迷惑了。我要亲自去考验考验她。

于是，丘比特变成了一个白发苍苍的老太太，在拥挤的人群中寻找机会。这时，普绪客乘着华丽芬芳的花车渐渐驶来，丘比特假装在人群的推搡下摔倒在路中央。一只鞋子被甩出去老远，正好挡住了花车的去路。这个场面吓到了坐在花车里的普绪客，场面立刻变得鸦雀无声。所有的人你看看我，我看看你，都愣住了。当普绪客看到一位白发苍苍的老奶奶瘫坐在路中央时急忙下了车，跑到老太太面前蹲了下来。

"老奶奶，您还好吗？有没有受伤？对不起，让您受到惊吓了。来，让我扶您起来吧！"

"我没有受伤，只是我的鞋不小心挤掉了，你可以帮我捡回来吗？"丘比特指了指掉落在不远处的鞋，示意普绪客去捡。他是故意这么做的，他要看看这位高贵的公主是否能放下她尊贵的身份去帮助一位垂暮老人。

普绪客微笑着点了点头，将鞋子捡了回来。

"哦，美丽的公主，您真的很善良，可惜我老眼昏花没有力气，所以能不能请您帮我把鞋子穿上？"丘比特试探地看着眼前的这位公主，周围的人都开始议论纷纷，他们有些嗔怪这个不识抬举的老太婆，特别是在这样一个美好的日子里刁难这位美丽的公主。可普绪客并没有表现出一丝不满的情绪，这让所有人都在吃惊之余更加钦佩这位善良大度的小公主。她还是一如既往地微笑着，用手掸掉了鞋子上的尘土，像对待母亲一样温柔地给老太太穿上了鞋，并将她扶了起来。

告别了丘比特假扮的老太太，普绪客继续了她的游街之行。这个小意外的发生并没有打扰这位公主的好兴致，她甚至更加开心地与站在街边两侧的人们打招呼，礼貌地问候他们。

丘比特已经考验过了普绪客，他感觉这位公主真的像人们赞颂的那样不仅有绝伦的美貌，而且心地也非常善良。正因为如此，丘比特更加为难了，他不能违背母亲的命令，可他更不想伤害这位美丽的姑娘。怎么办呢？

"不行，我不能掉以轻心，也许这是她装出来的，故意表现给大家看。也许她的心计多得很，心肠恶毒得可怕。我要再考验她两次再做决定！"丘比特十分开心，他很满意自己的办法，这不仅可以解决困扰他的难题，也可以让大家称赞他是一个明晓事理、公正不阿的好神灵。这样一来，喜欢他供奉他的人就会越来越多了。

这一次，丘比特化装成一位衣衫褴褛，丑陋而又肮脏的乞丐。他故意跪在公主必经的路上行乞，样子可怜极了。正如他所料，过了不久，普绪客在路过的时候看到了这个几乎要饿倒路边的乞丐。她连忙跑了过来，双手支撑着乞丐瘫软无力的双肩。

"你还好吗？你怎么虚弱成这样？快来人，从我的花车上把所有的吃的和水都拿过来！"普绪客看着这个奄奄一息的乞丐，流下了同情的泪水。她拿出自己的手帕为乞丐擦拭脸上和身上的泥土，并慷慨地脱下美丽的斗篷，毫不犹豫地帮乞丐披上。她拿出了身上所有值钱的东西交给了乞丐，并悉心嘱托他要好好生活。

在场的所有人都被这温馨的一幕深深地打动了。他们纷纷流下感动的眼泪，并学着像普绪客那样温柔地对待乞丐，照顾他，让他体会到这个世界的温暖与美好。就连假扮成乞丐的丘比特自己，竟然也被普绪客的善良纯洁感动得大哭起来。他不明白维纳斯为什么一定要让心地如此善良的公主遭受如此大的苦难，他决定最后再考验公主一次。

天色早已经迫近黄昏，眼看夜幕就要带走光明，气温也渐渐转凉了。许多人们都已经赶回家与家人团聚和享受美味的晚餐，而公主的游行队伍却还没能到达王宫。他们必须要赶时间了，因为饥饿和寒冷无时无刻不席卷他们的身体。特别是公主，如果回去太晚，爱她的父王和母后一定会寝食难安。

最后一次，丘比特假扮成一个不懂事的孩子，出现在普绪客的花车前。他哭着闹着要求坐上普绪客的花车玩一玩。

士兵们不耐烦地打发他："这是谁家没有教养的小孩！不知道这是公主坐的花车吗？一般人是不能坐的！去去去，回家找你的父母去，不要耽误我们的行程！"

"我没有父母，我是个没人要的孩子！我就想坐花车！我要坐花车！我就要坐花车！"小孩大声地哭嚷着，这让士兵们一时也没了主意。

普绪客听到哭声赶忙走下车，当她了解了情况后并没有说什么，她心疼地抱起小孩上了车，并邀请这个孩子和她一起回到王宫做客。一路上，普绪客就像一位耐心的母亲，不停地给小孩讲有趣的故事和好听的笑话，小孩假装在普绪客温暖的怀中睡着了。从那一刻，丘比特确定，他已经无可救药地爱上了普绪客。她是那么的纯洁美好，她的善良与美丽，连太阳见了都会融化。

但是又一个难题出现了，丘比特虽然深爱普绪客，可他又不能违背母亲维纳斯的命令。正在丘比特万分为难的时候，他的一个好朋友，森林里的一位精灵为他想出了一个好办法。

"我的好朋友丘比特，往日里快乐无比的你现在为何愁绪满面呢？说出来，也许我可以帮你分担一些。"

"我爱上了凡间的一位美丽的公主，可偏偏她得罪了我那报复心极强的母亲。现在维纳斯命令我去用最严酷的方式惩罚她，让她嫁给既丑陋又凶悍的怪物。可我实在是不忍心啊！我的朋友，现在我把我的困扰告诉了你，我知道你没办法帮我，因为就连我自己都已经想不出办法了，不过还是谢谢你分担我的忧愁。"丘比特沮丧地流下了眼泪，他的内心充满了挣扎与痛苦。他现在更加为难了，不知道如何平息维纳斯的怒火，更不知道如何保护他心爱的公主。

"丘比特，也许我可以帮到你。如果你感到为难，可以偷偷地带走公主，然后昭告天下说公主已经接受神谕的安排，嫁给了怪兽。这样，你既执行了维纳斯的命令，也保护了公主，维护了她的幸福。而且，我可以帮你哦！"森林精灵俏皮地冲丘比特眨了眨眼睛，得意的表情就像一个智多星。

丘比特左思右想后感觉这不失为一个好的办法，于是他决定把爱神之箭一头射向自己，而另外一头射向普绪客。这是一个非常冒险的举动，所以一定要保守这个秘密，如果被维纳斯知道了，他和普绪客以及他的朋友都逃脱不了严酷的惩罚。

丘比特的爱情（中）

丘比特爱上了普绪客，为了拯救这个美丽的公主，他决定与她结婚。但是结婚后的他们就能够幸福地生活下去吗？

就在第二天，这道神谕就如晴天霹雳降临到了这个和平幸福的城镇里。大家都无法接受将美丽的公主交给可怕的怪兽。王宫里哀痛的气氛更是布满了每个角落。国王和王后已经为这件事流尽了眼泪，他们不知道究竟哪里得罪了美神维纳斯，他们更不愿意把普绪客嫁给怪兽。可是这是神谕，是任何凡人都无法改变的，如果违抗神谕，遭殃的就不只是普绪客了，整个王宫，甚至整座城邦都会受到诅咒和惩罚。

"我敬爱的父亲，母亲……我愿意去。请你们不要再为我担心……我很快乐。也许事情没有你们想象得那么糟糕，也许怪兽会对我很好……我一定会幸福的，你们不要再哭了。"善解人意的普绪客再也不忍心看到年迈的父母为了她而伤心流泪，特别是他的父亲，身为一个明智爱民的国王，为了治理好国家，他已经操碎了心，身体健康也每况愈下。普绪客决定一个人承担所有的苦难与委屈，她不愿意连累无辜的人。她强忍住不舍与恐惧的泪水，微笑着对所有人说完了祝福的话语。这一字一句中饱含着心酸与痛苦，像一把利刃一样扎着每一个人的心。她假装快乐地跟每一个人告别后，便跟随神谕的使者来到了城邦西边的一个小山坡。

墨色染遍了整个天空，可星星依旧那么闪亮耀眼，它们似乎在传递着亲人、朋友对普绪客的怀念与祝福。这对普绪客来说是最大的安慰。忽然一阵花香飘过，这究竟是什么香气，如此醉人？普绪客的眼皮开始不由自主地下垂，由于这一天太累了，再加上花香的缘故，很快，美丽的普绪客便睡着了。

天亮的时候，一束束温暖的阳光穿透窗户洒在普绪客的脸上，她慢慢地睁开眼，竟发现自己躺在一张比蛋糕还松软舒服的大床上。她惊奇地环视四周围，好漂亮的房间啊！这里有她喜欢的玩偶；玫红色的窗纱在阳光的浸泡下，好像酒杯中的红酒，摇曳着羞涩而又炽烈的光芒。还有天蓝与粉红交织的墙纸，米白色的地毯……屋子里布置的所有颜色都是她最喜欢的。她开心地走下床，不禁在房间里转起圈来。"这究竟是谁的房间呢？难道是有人救了我吗？如果真是这样，我们的王国会不会有灾难啊……"
普绪客的心中盈满了惊喜和焦虑，因为眼前所发生的一切就像一场彩虹般的梦，美丽，却又不那么真实。

一位满脸布满皱纹看起来却十分亲切的老仆人微笑着走了过来。

"您醒了？我美丽的公主。"

"老奶奶，请问，您是谁？啊……还有，我这是在哪里？"

"美丽的公主，我是您的仆人。您来到了您的新家，您还满意吗，这是我们主人特意为您布置的房间，从今天起，您就是我们的女主人了，让我带着您逛逛这座城堡，还有很多仆人希望能有幸与您认识，他们特意为您准备了丰盛的早餐，还有许多可能会让您意想不到的惊喜。"

原来她最终还是像神谕说的那样嫁给了怪物，没有人能够救得了她，想到这里，她不禁有些失望和难过。但她不想表现出来，这个年迈的自称是仆人的老奶奶是那么的亲切和蔼，她耐心周到地照顾着自己，这使普绪客想起了从小陪伴她疼爱她的祖母，她不希望自己的任性伤害到好心的老人。

普绪客穿上了仆人为她精心准备的礼服。镜子里的她就像仙女一样，不，比仙女还要美丽动人。她每一个转身都像是出水的芙蓉，清新中透着娇柔，娇柔中释放出无尽的妩媚。好漂亮，她从没穿过这么美丽的衣服，她都快认不出自己了。老仆人领着她走下长长的楼梯，这个城堡真的很大，比她王国的宫殿还要大，普绪客用力地看着站在远处房间门口的仆人，却只能看到一个渺小而又模糊的影子。一排排石头做的柱子擎天而立，就像支撑住了整片天空，气势是那么的磅礴，恢宏。城堡的四周都是彩虹色的墙壁，典雅而又不失温馨。这不像她以前的宫殿那样金碧辉煌，到处都是那么令人肃然起敬。正当普绪客觉得有些饥饿的时候，老仆人将她领到了餐桌前，一桌子丰盛诱人的食物赫然摆在她的眼前。她简直不敢相信这一切都是真的，就连食物都是彩虹般的颜色，而且种类齐全，都是她喜欢吃的东西。如果不是亲口品尝到那可口喷香的味道，普绪客真的以为她还在梦中没有醒来。

正如普绪客惊奇地观望着眼前的一切，与此同时，所有站在她身边的仆人们也惊奇地看着眼前的公主。

"哇……好美丽的公主，这就是我们未来的女主人吗？她怎么会这样的漂亮，玫瑰见了她恐怕都要凋落颜色！"

"是啊，她那一颦一笑宛如水中的月亮，那么安静优雅，人世间竟然还有这么美丽的女人，怪不得维纳斯要嫉妒得火冒三丈，她实在是太漂亮了！"

所有的仆人看到普绪客都在窃窃私语，他们确定自己的眼睛没有花，这位美丽的姑娘是真实的。最重要的一点是，她已经成为他们未来的女主人。

普绪客注意到了这一点，她很友好地和大家打招呼，完全没有公主的架子。其实她一直如此，从小到大，她都是城里人缘最好的、朋友最多的人，没有一个人不喜欢她。除了那个骄傲善妒的维纳斯。

"你们好，我是刚来到这里的普绪客，很高兴和大家认识，你们对我的精心照顾让我十分感激，不过我希望大家不要为了照顾我而这么辛苦，好吗？我想要和你们每一个人做朋友，我们大家一起坐下来吃早餐吧，这么多诱人美味的食物我一个人也吃不完，美好的东西大家要一起分享！希望你们不要拒绝我，好吗？"普绪客礼貌地微笑着，她盛情地邀请每一个人入座与她共享美食，当然，她也没有忘记还在"远方"那个房间门口看守的仆人，她想要亲自走过去邀请她，可是实在离得太远，恐怕等到把她邀请过来，食物也已经不新鲜了。她把她的焦虑告诉了老仆人，希望她能想出好的办法。

"呵呵，公主您不必担心，风会把您的话传达给他，风会把他接来与您共享早餐。"

说罢，老仆人一挥手的工夫，那位"远方"的仆人便乘着风来到了普绪客的面前。

"心地善良的公主，您是多么的热情啊，从没有人像您这样对我这么好，感谢您的盛情款待，我愿意献出一生为您效劳！"仆人的眼眶中盈着泪花，他感激地看着普绪客，告诉她自己的心里话。

早饭过后，仆人领着普绪客来到了城堡外的大花园，这片花园足足有半个海洋那么大，花园里种满了各种颜色，馥郁芬芳的花朵，甜美清新的花香引来了无数花枝招展的蝴蝶，它们尽情地与花朵缠绵相拥，到处一派充满生气与幸福的景象。就像童话一般，醉人心境。活泼可爱的普绪客早就按捺不住内心的喜悦，她带着仆人们跑向园子，和他们一起在花海中高歌共舞。

一天的美好时光很快就过去了，晚霞的余晖为整座城堡披上了一件金色璀璨的薄纱。普绪客很快就和大家成了好朋友，他们一起坐在城堡里聊天讲故事打发剩余的时间。直到皎洁的月亮再次高挂在天的一边，大家才恋恋不舍地回到自己的房间。普绪客的内心又开始七上八下了，虽然大家对她都很好，可这里毕竟是陌生的，没有亲人，没有熟悉的味道，就连往日美丽圣洁的月光，也照得她的心冰凉冰凉的。

"一天过去了，我还是没有看到我的丈夫。他到底长什么样子呢？都这么晚了，他怎么还没有回来呢？"在一连串的疑问下，普绪客也感到疲倦了，她渐渐地闭上了眼睛，进入了梦乡。深夜的时候，蒙眬中她感到有人为自己盖紧了被子，并悄悄地躺在了她的身边。她吓了一大跳，猛地从床上惊坐起来，漆黑的夜把一切都藏了起来，眼睛就像被什么东西绑住了似的，什么也看不见。普绪客害怕极了，她扶着墙蜷缩在一个角落里浑身颤抖。

"你……你……你是谁？为……为什么来到我的房间？"

"美丽的普绪客，你别害怕，这是我们的房间，我是你的丈夫啊！"

普绪客第一次听到丈夫的声音，是那么的温柔而又富有磁性，一点都不像怪物野兽那样凶狠粗犷。这让她安心许多。

"哦，是真的吗？你真的是我的丈夫吗？你怎么这么晚才回家呢，夜太黑了，我看不到你，等我点上蜡烛，我们再好好交谈。"说罢，普绪客便伸手摸索放在床边的蜡烛。

"不！不！普绪客，你不能看到我！请不要问为什么，相信我，我一定会让你幸福的。我们来做个约定，普

81

绪客，我要慎重地告诉你，你嫁给了我，但是不能看到我的脸。我可以给你一切你想要的，让你成为天底下最幸福的女人。但是如果你不遵守约定，我就要离开你！"

"你的口气怎么会如此决绝，难道是我长得太丑了吗，难道是你不喜欢我吗？"普绪客听到丈夫的话后再也忍不住了，她委屈不安的眼泪瞬时间像泉涌一样夺出眼眶。

丘比特见此情景也慌了阵脚，他愧疚地一把将普绪客揽入怀里，轻轻地安抚着她。

"听我说，普绪客，你不丑，你很美丽，你是天底下最美的女人。也许我的口气有些严厉，但你要相信我是真心爱你的。你现在还不明白事态的严重性，我很抱歉，这是我的苦衷，我无法向你诉说。但是夫妻之间应该彼此信任，对吗？"

普绪客是个善解人意的好姑娘，她听了丈夫的话，轻轻地点了点头。想到作为城堡主人的他如此周到细致地照顾自己，让自己快乐，这已经足够了。看不到又怎么样，丈夫的爱一定会让她幸福的。就这样，她在丈夫温暖的怀抱中再次进入了梦乡。

光阴就在潺潺溪水的幸福诉说中悄悄溜走，秋天的到来让整片天地变幻出橙黄的色彩，娇艳欲滴的花儿打着瞌睡在长眠中等候下一个春天。普绪客看着这一切有些触景生情，她惦记父母是否快乐健康，怀念往日和姐姐们追逐嬉戏的时光，以及每年秋天在王国举行的祭祀盛典……普绪客的闷闷不乐都被丘比特看在了眼里。这天夜里，他握住普绪客的手，虽然黑暗中普绪客作为凡人无法看到眼前的一切，但是丘比特却可以借助神力看到他心爱的普绪客眼中流露出的忧郁和思念。

"我亲爱的普绪客，你是这样的忧伤和难过，你有什么需要的，我都满足你。"

"对不起，我的丈夫。也许我说出来你会失望，会难过。我没有埋怨你的意思，你所能给我的一切都让我感到万分幸福。只是，我想念我王国的父母姐妹，还有我的子民朋友。"普绪客一边说，一边止不住地潸然泪下。

看到普绪客如此难过，丘比特心里也五味陈杂。普绪客自从来到城堡，从来没有向他要求过什么，她是那么的单纯善良，不愿意给任何人平添麻烦。可是对家乡和亲人的思念无时无刻不在折磨着她的内心，如果不能让普绪客快乐，又何谈带给她幸福呢？虽然有些冒险，但丘比特还是决定派人去请来了普绪客的两个姐姐，希望能完成她的夙愿。

"美丽的普绪客，眼泪让你憔悴不堪。请不要伤心，我已经派人去邀请你的姐姐来我们的城堡做客，明天一早你就可以去宫殿门口迎接她们，傍晚的时候再让风的精灵把她们送走。你们有一天的时间相好好处，祝你们愉快！"

普绪客欣喜若狂地点了点头。她是那么的激动，第二天一大早就起床开始准备，直到姐姐们到来。

三姐妹见面的时候，都激动得抱成了一团。她们互相诉说着内心的思念。这是三姐妹嫁人后第一次团圆。普绪客带着她们参观遍了整座城堡和花园，两个姐姐看后都瞠目结舌，惊讶得说不出话来。

"哦，我亲爱的妹妹，你可真是幸福啊！住这么大的宫殿，每天都有那么多的仆人服侍你，还有那么多漂亮的衣服，和吃也吃不完的美味佳肴！你比过去的你还要幸福一百倍！"大公主眼睛一直在不停地巡视四周，就快放出光了。

"是啊，普绪客，我和你大姐还一直为你担心，我们以为你嫁给怪物后，日子一定过得非常艰难辛苦，可现在的你和我们所想的完全不一样，你比我们幸福多了，哦！真让我嫉妒死了！你过的是神一般的生活，恐怕连维纳斯都没有你幸福！对了，你的丈夫呢，长得如何？我想只有长相英俊的人才有资格配得上我们美丽的妹妹。可是怎么这么久了都没有见到他人？"

"我……我……其实不怕姐姐们笑话，从嫁给他那天起，我还从没见过他，我不知道他长什么样子，他也不希望我看到他，而且，白天他都不在城堡，只有在深夜的时候，他才会回到我的身边。"刚刚还是满脸幸福洋溢的普绪客说到这里便把头深深地埋了下去，其实她也很想见到丈夫的样子，这个念头困扰了她很久，但是迫于他们之间的约定，她只好打消这个念头。

"我的傻妹妹，你怎么会如此荒唐！哪有妻子不能见丈夫的道理！"

"就是就是，大姐说得对！他不让你见他，说明他肯定有什么阴谋！小妹你要小心啊！怪物终究是怪物，怪物就是残忍凶暴的，他怎么会平白无故地对你这么好？我猜他想先把你养得肥肥美美地，最后再杀了你！他不让你看到他的样子，说明他的长相一定很可怕，他担心你看到后会逃跑！"

"不不……不是这样的，姐姐们，听我说，他对我很温柔，他的声音很好听，一点都不像怪物，而且他对我很好很好，我们之间有约定，而且我们约定的，要彼此信任！"普绪客的内心开始有点混乱，但她还是愿意相信自己的丈夫，并努力地维护他的品行。

"我的妹妹，听姐姐的吧，姐姐是不会害你的，你太善良太单纯了。这个世界远没有你想的那么美好，在我们的王国，所有人都是以诚相待，大家都是真心地喜欢你，呵护你，所以大家对你好都是理所应当的，不会有人想要害你。可是，现在你并不是在我们的王国里，人心险恶啊，更何况你每天都要和一个虚无缥缈的怪兽在一起，你的处境太危险了！"

"是啊！你不要再说什么夫妻间的信任这种傻话了，你信任他，可他信任你吗？如果真的信任你，又怎么会躲避你不愿意让你看到他的真实面孔呢？这足以说明他是骗你的啊！"

在两个伶牙俐齿的姐姐一番说服和诱导下，普绪客的立场开始动摇了，她反复地思量姐姐的话，内心一片混乱。她再也没有理由瓦解姐姐们对她丈夫的误解，因为连她自己都失去了主见。姐姐们是她从小到大的亲人，不可能害她，所以，普绪客听了姐姐的忠告，更加恐惧了。

"那我该怎么办？亲爱的姐姐们，难道我真的逃不掉命运的捉弄吗？"普绪客有些绝望，她那双纤细垂下的手越来越凉，她的头脑已经不听使唤了。

"不要害怕，我的妹妹，我们给你想个办法。但是你要听我们的啊，这样你才可能得救。一会儿回去的时候，你偷偷地在枕头底下放一支蜡烛和一把刀子，等到他睡着的时候你就点燃蜡烛趁机看他的相貌，如果他果真像怪物一样凶残恐怖，你就毫不犹豫地用刀子刺死他，然后逃跑！这可是你唯一的出路，我们会为你祈祷的！"

　　普绪客有些犹豫，她那悲天悯人的善良一直在阻止这种残忍的念头产生，但是在两位姐姐不断地怂恿和恐吓下，她还是决定按照姐姐说的那么做。

　　三个姐妹嘀嘀咕咕地谋划了一个下午，直到吃过晚饭后，两个姐姐才和普绪客告别。普绪客回到房间后准备好了一切，她心中有些愧疚，有些好奇，有些恐惧，又有些不舍。但最终，好奇心还是战胜了一切，她彻夜未眠，就等着丈夫熟睡的那一刻。夜深了，丘比特果然毫无防备地就睡了过去，他作为天神工作了一天，身体也很疲倦了，因此他睡得很沉，很安稳。普绪客偷偷地从枕头下拿出了蜡烛，颤颤巍巍地用火柴点亮，然后一手拿着蜡烛，另外一只手举起了利刃，便向丘比特凑了过去。微弱的烛光像是受到了惊吓一般频频闪烁着，就好像在警告普绪客赶快停手。但是普绪客并没有放弃，她还是慢慢地靠近了熟睡中的丈夫，烛光照亮了丈夫的侧脸，这让普绪客吃惊极了。虽然身高和青年男子一般高，但是那丰满洁白的双翼，还有那如孩童般稚嫩无瑕的表情，俨然就是成年版的丘比特。果然是维纳斯的儿子，长相不逊于世间任何一个美男子，他那俊朗的面貌甚至超越了太阳神阿波罗，是那么的典雅高贵。

这一幕不禁让普绪客看红了脸，原来自己的丈夫是这么的俊美温柔，自己真的是世界上最幸福的女人。但普绪客忘记了手中的蜡已经融化，化掉的蜡油滴到了丘比特的羽翼上，烫醒了睡梦中的丘比特。丘比特睁开眼睛的时候吓了一跳，所有的吃惊瞬间变成了愤怒，因为他看到自己心爱的妻子竟然一手举着蜡烛，一手拿着刀对着自己。

"愚蠢的普绪客！你在做什么？你不仅背弃了我们的承诺，还企图要杀害我！我是那么的爱你，可你却是这样狠毒！从现在起，我要永远地离开你！你要为你无知的好奇心与不守信誉付出代价！你再也见不到我了！"说罢，丘比特便张开双翼头也不回地向窗外飞走了。

"不……不……丘比特，原谅我，回来吧，求你了，求你了……我是真的很爱你……回来吧，丘比特，我真的知错了……"普绪客此时后悔极了，她没有想到自己的一时糊涂竟然会招致如此严重的后果。森林精灵知道这件事后马上飞到了普绪客的身边，他责怪普绪客的多心和莽撞，并把事情的前因后果都告诉了她。普绪客听后难过极了，是自己错怪了丘比特，是自己背弃了他们的誓言，是自己伤害了最爱她的丘比特。如果光阴可以倒退回去，她绝对不会这样做。可是一切都晚了。普绪客望着丘比特飞走的那扇窗户，从天黑一直哭到了天亮。城堡的仆人们看到后都心疼不已，他们纷纷来安慰普绪客，逗她开心，但都无济于事。最后，他们一起鼓励普绪客寻找丘比特，弥补她犯下的过错，以求得丘比特的原谅，找回丢失的爱情。

丘比特的爱情（下）

普绪客为了挽回丘比特的爱，历尽了千辛万苦，她不远万里来到维纳斯的神殿，请维纳斯允许自己和丘比特见面。可维纳斯会答应她吗？她和丘比特会重拾丢失的幸福吗？

可怜的普绪客为了求得丈夫的宽恕，便背起少量的吃的和水离开了城堡，开始了她赎罪的旅途。可是，道路的艰难是出乎意料的。她本是一个高贵的公主，没有走过崎岖的山路，没有渡过湍急的溪流，更不知道如何躲避山林猛兽的袭击与追赶。若不是好心的精灵们一路上暗中帮助，或许她早就命丧黄泉，身首异处了。经过漫长的跋涉，她的双脚已经磨破了，无数次从低矮的山崖上跌落，让她的身上布满了伤口，血透过衣服渗出来，染红了一大片。手指因为不断地攀爬已经长出厚厚的老茧……在无数次伤痛难忍的时候，普绪客都会默默地流泪，告诉自己说，比起她对丘比特的伤害，这点小伤根本算不了什么。然后一个人擦干未流完的眼泪，继续前行。

　　与此同时，丘比特也因为违背了母亲维纳斯的命令而受到惩罚闭门思过。丘比特本就是维纳斯最宝贝的儿子，即便她多么生气，她也不会严厉地责罚自己的儿子。看着自己的儿子竟为了一个凡人女子痛苦万分，维纳斯的怒火更是燃烧至极点。

不知过了多久，含辛茹苦的普绪客终于来到了维纳斯的神殿。她虚弱地走到维纳斯的面前，"扑通"一声跪倒在地，哭喊着乞求维纳斯的原谅。

"美丽的维纳斯，您是天底下最美丽的女神。是我的错，请求您让我再见丈夫一面吧……我求求您了……"眼泪顺着脸颊掉落下来，普绪客此时除了悲伤已经没有更多的表情了。她嗫嚅的样子是那么的可怜和卑微，只可惜维纳斯并不同情这个因为失去心爱的丈夫的爱而悲痛欲绝的可怜女人。

"可恶的普绪客，你不仅狂妄自大地用美丽夺去了人们对我的尊敬，还使我那一向乖巧伶俐的儿子背叛了我的命令，简直是可恶至极！要我原谅你，想都不要想！"

"维纳斯……求您了……请您惩罚我，我愿意付出一切代价，只希望您能允许我见丘比特一面，我只有这一个请求，我是真心爱他的啊……"

看到自己讨厌的女人竟然如此撕心裂肺地哀求自己，维纳斯面无表情地看着她，冷冷地笑着："你真的愿意接受我的任何惩罚吗？"

"是的，我愿意，我愿意！"普绪客毫不犹豫地就答应了。

这正中了恶毒的维纳斯的阴谋，她先是带领普绪客来到了一个大仓库，仓库里面乱七八糟，黑漆漆的一片。但隐约中还是可以看到地板上堆着好多细小的，宛如沙粒的东西。

"普绪客，这里堆满了谷物，它们都掺杂在一起了，我要你把它们分类，哈哈，你也不必太惊慌，不过就是像餐桌一样高，占满了近半个仓库的谷粒，种类也不过就五六种，这不是很困难吧？哈哈哈哈……黄昏前我回这里检查，如果没有分完这些谷粒，你不仅再也见不到你的丈夫，而且一辈子都要待在这个地方，像个雕塑一样！哈哈哈哈哈哈哈……"维纳斯重重地把门关上就离开了。

这个仓库是如此昏暗，没有一盏灯或者一支蜡烛，不要说把谷物分类了，就是光想看清楚仓库里的所有东西，都是一件极其困难的事。况且这么多的如同沙粒般大小的谷物掺杂在一起，如果想将它们分类整理好，没有一年半载是做不到的。普绪客只是一个凡间的公主，她没有法术更没有什么神通广大的力量，她历尽千辛万苦来到这里，只是为了见到丘比特一面，而小心眼的维纳斯不仅不受感动，还要百般刁难这位美丽执着的姑娘。

仓库的蚂蚁们看到后决定联合起来一起帮助无助的普绪客。一开始，几百只蚂蚁帮助普绪客搬运谷物，并将谷物分类，随后，几千只蚂蚁也赶到这里来帮忙。最后，上万只蚂蚁都不约而同地来到这里，帮助这个人间的可怜姑娘。一会儿的工夫，不同种类的谷物被分成了五堆，整齐地堆放在地板上，等待维纳斯的审阅。普绪客感激不尽，于是她把身上带的所有东西都送给了蚂蚁们，感谢它们在危难时刻对自己的帮助。

傍晚时分，高傲的维纳斯颐指气使地走进仓库，她早就料想到平凡的普绪客一定不会分完那么多的谷物，所以就等着处置她了。只是当她看到不同种类的谷物整齐地堆在地板上时，她既愤怒又吃惊。

"狡猾的普绪客，是谁帮了你？你一个人怎么可能做到这些？告诉你，这次就先放过你，如果你再不老老实实地接受我对你的惩罚而去偷懒的话，我一定饶不了你！好了，现在我要让你替我做第二件事：明天一早你便出发，一直往西走，直到看到一条河。河的对岸是一群黄金羊，我要你去那里给我取回相当于一只羊重量的黄金羊毛。明天黄昏前要赶回来，如果我见不到黄金羊毛，你也休想再见到你的丈夫！"

第二天一早，勤劳的普绪客便早早地动身了。她来到了维纳斯所说的河前，看到了河对岸正在吃草的黄金羊群。正当她想要渡过这条浅而清澈的小河走过去的时候，河神拦住了她。

　　"姑娘，这条河你不可以过去，就算你过去了，你也不能接近那群黄金羊。"

　　"河神，对不起，打扰您休息了，我只是想取一些黄金羊毛，并无意伤害它们。"

　　"原来是这样。可是，你要如何得到黄金羊毛呢？"

　　"善良仁慈的河神，能不能请您借我一把剪刀，等我去剪下足够数量的黄金羊毛，再把剪刀还给您。如果您也没有剪刀，我就只好一点一点拔了。"

　　"呵呵，你真是个傻姑娘。就算我肯借你剪刀，你也无法剪下黄金羊毛。它们不是普通的羊，黄金羊毛也和普通羊毛质地不一样，用剪刀是剪不下来的。鲁莽地去拔羊毛更是行不通的。那些黄金羊脾气是很暴躁的，它们根本不会让陌生人靠近，所以宙斯才会让我在这里守护，如果有人不听劝告鲁莽地接近黄金羊，就会被它们头上的角和锐利的牙齿伤害，还没有人能在它们的袭击后活着回来。"

　　听到河神的一番话，普绪客再次抑制不住伤心地流下了眼泪，这次她真的绝望了，茫茫的草地，没有人能够帮她了。她要怎么做呢？可惜她一个人是想不出办法来的。

"姑娘，你就是人间的普绪客吧？"

普绪客看着河神点了点头。

"可怜的姑娘，你的故事我已经听说了，是维纳斯在为难你，不过你也不要怨恨她，可怜天下父母心，她也是爱孩子罢了。我可以告诉你一个方法，你可以在有风的时候闭上眼睛诚心地祷告。你的愿望会被好心的芦苇精灵听到，它们会帮助你的。"说罢，河神便消失了。

普绪客得到了河神的指点，这也是她唯一的办法。在风吹过的时候，她轻轻地闭上了眼睛。"风啊，请求您把我的祷告带给美丽的芦苇，我需要相当于一只羊重量的黄金羊毛。我不是贪心的女人，我只是希望能够见我的丈夫一面。求求您一定要帮我。"

芦苇听到了普绪客的祷告，它们趁羊群吃草的时候收集到了它们掉落的黄金羊毛，并又借着风把羊毛吹到了普绪客的身边。普绪客一边感激地说着"谢谢"，一边拾起黄金羊毛趁黄昏前赶回维纳斯的神殿。

维纳斯诧异地看着普绪客拿来的黄金羊毛，竟说不出话来。她是愤怒的，但是她没理由再向普绪客发脾气。不一会儿的工夫，她又想出一个绝妙的主意，她想，这次一定不会再让普绪客顺利得逞了。

"普绪客，我让你办的第三件事，就是你用一天的时间去冥河那里取水。如果你取不回来，你也就不必回来了。"维纳斯的嘴角露出一丝阴险的笑容，因为她确定，就算普绪客从冥河中取了水，她也不可能回来了。

普绪客走出了维纳斯的宫殿，但她不知道冥河的方向，更不知道如何走。这时，西风神泽费罗斯恰巧经过，遇到了愁眉不展的普绪客。

"嘿！这不是美丽的人间公主普绪客吗，你怎么到这里来了？你要去哪？"

"泽费罗斯，对不起，我没有时间跟你解释了，请你带我去冥河好吗？我要取冥河的水。只有这样，我才能见到我的丈夫！"

"普绪客，我可以带你去冥河，但是你不可能从冥河中取水，冥河的水凡人是碰不得的，一旦碰到了，灵魂就会到冥王哈德斯那里，你就不再是活着的人了！"

"啊……怎么会这样……可是，即便如此，我也要完成维纳斯交给我的任务，如果半途而废，我就再也见不到我的丈夫丘比特了，我一定要去！"

就这样，西风神带着义无反顾的普绪客来到了冥河边上。

"普绪客，我把你送到了这里就帮不了你了，如果我帮了你，我们两个都会被维纳斯责罚的。不过，你可以去找神鹰帮助你，它就在你后面的那座山上栖息，但这也是有风险的，如果神鹰不愿意帮助你，它就会杀掉你。但这似乎也是唯一的办法了，碰碰运气，比你白白送死要好得多。"说罢，西风神便飞走了。

普绪客顺着西风神所指的方向沿路爬上了山。可是山那么大，神鹰在哪里呢？就在这时，一大片乌云从普绪客的头顶飘过，她抬头一看，竟然是一只巨大的鹰。大概，那就是泽费罗斯所说的神鹰了。

"神鹰！神鹰！是你吗？神鹰……"普绪客用尽全身的力气大声呼喊着。

神鹰听到了她的呼喊，停在了她的面前。

"是你在叫我吗？你是谁？你有什么事吗？"神鹰有些不高兴，它喜欢独自在山上自由自在地生活，不喜欢被人打扰，况且，已经很久没有人敢接近它了。

"我的名字叫普绪客，我是丘比特的妻子，但是因为我的过失，他离开了我，为了见到他，我必须履行承诺来取冥河的水，您可以帮助我吗？"

"哼！又是一个贪心的家伙！我最讨厌愚蠢而又贪婪的人类了，想要取冥河的水却又贪生怕死，真是可笑！

竟然还敢来打扰我，妄想让我帮你取水，你未免也太异想天开了！想让我帮你，可以。但是我有一个条件，如果你答应的话，我就帮你！"

"神鹰，您请说，所有的条件我统统都答应！只要您肯帮助我，让我见到我的丈夫！"

"好啊，我已经很久没有吃到新鲜的人肉了，只要你肯让我吃掉你身体的一部分，我就帮你取冥河的水！"

"我答应你，我都答应你，神鹰，我并不怕死，如果您肯帮我，让我见我丈夫最后一面，让我亲自向他忏悔并求得他的原谅，您可以吃了我，并且，我会感激您的！"

普绪客的眼睛里流淌着晶莹的泪水，但神情无比地坚毅。神鹰被她的坚定和勇敢感动了，它决定不要任何回报地帮助这个真诚善良的姑娘。

"我被你感动了，普绪客。我决定帮助你，而且，我也不会伤害你。你是个善良的好姑娘，衷心地祝福你可以见到你的丈夫。"于是，神鹰衔着一个盒子交给了普绪客，盒子里面装的就是冥河的河水。

普绪客小心翼翼地捧着好不容易拿来的冥河的水，片刻不停地赶回了维纳斯的神殿。维纳斯见到了活生生的普绪客，简直不敢相信自己的眼睛。她的内心恨得咬牙切齿，她不想就这么轻易放过令她无比嫉妒的普绪客，可是，作为奥林匹斯声望较高的神之一，她又不能言而无信，对此，她想出了最后一个办法。

"听好，普绪客，没想到你的命这么硬，像你这种背叛爱情的人居然还能活到现在，这已经是你最大的幸运了。现在，我要你去办最后一件事，如果办成了，我立马让你见到我的儿子丘比特，绝不食言。"说着，维纳斯从手边拿出了一个盒子递给了普绪客。"普绪客，希望你不要气馁，这可是对你最后的考验。你带着这个盒子去阴间找到冥王哈得斯的王妃珀尔塞福涅，并向她借一些美丽的容貌装进这个盒子里，带回来给我。"维纳斯的言语客气了许多，但并不是因为她也被普绪客的执着感动了，她只是暗自为自己绝妙的办法扬扬得意。

普绪客明白了维纳斯的意思，她独自一个人走上了高高的悬崖，正当她纵身跳下去的时候，大树的精灵撑开了自己繁茂的枝叶，像一把巨大的雨伞，拥住了坠落下来的普绪客。

"美丽的姑娘，你还如此地年轻健康，为什么要做傻事呢？再困难的事情都有解决的办法，你何必非要寻死呢。"树的精灵是一位慈祥的老人，它温柔地安抚着伤心的普绪客，倾听她内心所有的不安与委屈。

"好心的精灵，谢谢你的安慰，我要去冥王哈得斯那里完成最后的考验，维纳斯答应我，只要我完成任务，她就可以让我见到我深爱的丈夫丘比特。可是我要去阴间，就必须选择死亡啊。或许，已经没有别的办法了。"

"多么执着勇敢的姑娘啊，多亏有众神的庇佑，让我遇到了你，请你不要绝望，我知道一条通往阴间的路，路途遥远且布满荆棘，但是你连去死的勇气都有，我相信再多的艰辛困苦你都会挺过去。"

"谢谢您，树的精灵，我一定不会忘记您的嘱托，我会坚持下去的！"普绪客被树的精灵托回到了地面。

就像树的精灵所说的那样，前往阴间的这一路，普绪客遇到了无数的艰难险阻，但她因此渐渐地坚强起来。为了见到丘比特，普绪客毅然决然地走了下去。她用她的善良化解了敌人的威胁和敌意。她用她的机智躲过了所有的危险。她用她的热情帮助了许多弱小的生命，同时，作为报答，所有被她帮助过的人，精灵、动物也都在她最需要关怀和帮助的时候扶了她一把。终于，经过漫长的煎熬，她捧着盒子来到了冥王和王妃的面前。

"美丽的王妃，很荣幸见到您。我是人间的普绪客，维纳斯派我来向您借一些美丽的容貌带回去。"

珀尔塞福涅是一位年轻开明的王妃，她也拥有着惊世骇俗的美貌，这曾经也让美神维纳斯无比地嫉妒过，她知道普绪客所经历的一切都是因为坏心眼的维纳斯百般刁难，她欣赏普绪客美丽的外表下还有一颗坚贞执着的心。

"普绪客，我虽然不知道维纳斯需要我的美貌做什么，但是我愿意拿出一点送给你，但愿能帮上你的忙。"说罢，珀尔塞福涅用法术将自己的一些美貌放到了盒子里交给了普绪客。

普绪客终于完成了维纳斯布置下来的所有任务，她拖着疲惫的身体一步一步地往回走，路过一片湖的时候，她突然觉得有些口渴，正当她俯下身来想要吮吸甘甜的湖水时，她被湖面上自己的倒影吓了一跳，她简直不敢相信那就是她自己。她的容貌不再那么红润细嫩，就像一张放置已久的面饼，不仅暗淡无光，还有些泛黄。她的眼睛不再那么清澈透亮，像两颗乳白色浑浊的小石子，被岁月拖延了十几岁。她的嘴唇不再那么丰盈饱满，嘴唇上满是细细长长的裂纹……

"不……不……不……我怎么会变得这么丑这么老，我这个样子怎么去见丘比特，就算是见到了，他也一定会讨厌我的……不……"普绪客决堤的泪水落到湖面泛起了层层涟漪，隐约中她看到了倒影中那个小盒子。里面盛满了她刚刚从冥王妃那里借来的美丽。

"珀尔塞福涅是多么的美丽动人啊，如果我能擦上一点她的美貌，会不会好一些呢？我只是为了见到我心爱的丈夫丘比特，我只是希望站在他面前的是最好的我……我只擦上一点，一点就好……"单纯的普绪客并不知道这是恶毒的维纳斯布下的又一个陷阱，冥王妃的美貌是不能为凡人所用的，如果凡人擅自将王妃的美貌涂抹在脸上，不仅起不到半点作用，那些美貌还会变成恐怖的睡眠永远地缠绕在凡人身上，使人再也无法醒过来。维纳斯故意让普绪客看到自己变老变丑的幻象，她知道普绪客一定会忍不住擦拭珀尔塞福涅的美貌。

当普绪客打开盒子将美貌涂在脸上的那一瞬间，美貌立刻变成了睡眠，普绪客便沉沉地昏了过去。正当她奄奄一息的时候，恰巧丘比特经此飞过，见此情景丘比特立刻冲了过去。当看到心爱的妻子竟为自己受了那么多苦时，他心如刀绞。这一刻，丘比特无比地后悔，他后悔对普绪客说了那么多残忍的话，后悔放不下神的尊严原谅普绪客，后悔自己没有及时地发现并阻止母亲如此残忍地折磨自己的妻子……

"对不起……我亲爱的普绪客，是我的错，我深爱的妻子，你快点醒来吧，我们的爱情会因为你的离开而不再完整……普绪客，求你醒来吧……"丘比特抱着昏迷不醒的普绪客失声痛哭着，他的泪水滑落至普绪客的脸上变成了真爱的魔法，驱走了纠缠在普绪客身上的睡眠。普绪客渐渐地醒了过来，看到自己正躺在丈夫温暖的怀抱里，两个受尽磨难的有情人终于紧紧地抱在了一起。

正在奥林匹斯神殿的众神看到这一幕并被深深地打动了，他们一致认为丘比特与普绪客的爱情无论是在天上还是人间，都是最伟大最纯洁的。所以，他们说服了固执的维纳斯，在众神之父宙斯与天后赫拉的主持下，丘比特与普绪客在奥林匹斯山上举行了隆重的婚礼，而且，美丽善良的普绪客也成为了永葆青春和生命的仙子，永远地陪伴在丈夫丘比特的身边。

法厄同的坠落

太阳神赫利俄斯有一个相貌俊美却冲动自负的儿子，叫作法厄同。这一天，法厄同竟然对父亲提出了一个无理的要求，他的命运又会如何呢？

赫利俄斯是奥林匹斯众神时代的太阳神，虽然和阿波罗一样有着璀璨耀眼的称号，但是他要比阿波罗辛苦得多，他的责任重大，每天天亮就要驾驶灼热炽烈的太阳马车从地球的一端出发，沿着固定的轨道巡视整个人间天界，等到傍晚的时候才能回来。这是他每天必须完成的工作，如果他不能恪尽职守，整个世界就会陷入一片混乱。

　　赫利俄斯有两个非常可爱的孩子，儿子叫作法厄同，女儿叫作赫利阿得斯。两个孩子是他和人间的一个美丽又贤惠的女人克吕墨涅所生。他们时而住在母亲的宫殿里，在想念父亲的时候又会来到赫利俄斯的宫殿，他们的活泼和好奇时常能逗得身边的人哈哈大笑，所有的人都非常喜欢他们。法厄同继承了父亲赫利俄斯的美丽面孔，风尘仆仆，俊美秀逸。就像太阳一样，所有人见到他都会惭愧地低下头，惊呼世间竟还有如此俊逸的美男子。而赫利阿得斯继承了母亲克吕墨涅的温柔善感，她对爱情有着绝对的坚贞和向往，虽然没能像法厄同那样得到父亲的恩赐拥有一张太阳神般美丽的面孔，但是她的美貌也绝对不输给母亲。日复一日地朝夕相处，使得温柔的赫利阿得斯渐渐地爱上了自己的哥哥，她愿意为他付出一切。可命运无情的捉弄并没有让这个痴情的女子得到回报。

随着岁月的流逝，当初天真无邪的两个小孩子已经长成了玉树临风的少年和亭亭玉立的少女。赫利阿得斯对法厄同的爱慕与日俱增，可自负的法厄同却并不理解，总是以他们是同一个父亲的理由拒绝妹妹。赫利阿得斯在苦苦地单相思和法厄同的冷漠中变得忧郁而敏感。以前的两兄妹还会谈笑着去打猎嬉戏，还会默契地一起去小溪里捉鱼，每年赫利阿得斯生日的时候，法厄同还会费尽心思地找齐不同颜色的美丽花朵为她编织美丽的花环……而现在的法厄同却只会绝情地呵斥她碍手碍脚，然后夺门而去，剩下赫利阿得斯一个人瘫坐在冷冷的门后伤心地哭泣。

直到有一天，在森林里采集野果的赫利阿得斯偶然发现自己深爱的哥哥竟然和另一个女孩有说有笑，亲密无间。这个绝美的女孩就是水泉女神那伊阿得斯。原来法厄同在和那伊阿得斯相恋。看到这一切的赫利阿得斯终于再也无法忍受，她悲痛欲绝，面对哥哥的无情和冷漠，由爱生恨的赫利阿得斯决定用一个谎言报复伤害自己的哥哥。就在那天晚上，赫利阿得斯找到被爱情的甜蜜冲昏了头脑的法厄同，并告诉他一个惊天的谎言。

"我亲爱的哥哥法厄同，我想我真的不能再隐瞒你了，这使我的良心感到不安。请你不要告诉我们的母亲克吕墨涅，这会使她难堪。虽然我们是同一个母亲所生，但我们并不拥有同一个父亲。我才是太阳神赫利俄斯的亲生女儿，而你，只是母亲和一个不知名的凡人所生。我这样爱你，你却用一个根本不真实的理由搪塞我，现在我把真相告诉了你，希望你能好好地想一想。"说完，赫利阿得斯便转身离去了。

这件事情如同晴天霹雳一样炸在法厄同的脑子里，以致他呆呆地站了一夜都没有回过神。冲动的法厄同毫不怀疑妹妹说的话，因为他知道她是个从不说谎的姑娘。他的内心充满了无限的痛苦与挣扎，于是他跑到了太阳神赫利俄斯的宫殿，决定要问个究竟。

赫利俄斯的宫殿矗立在云的彼端，两个华丽的圆柱耸立在大殿的门外，镶着闪亮的黄金与璀璨的宝石。宫殿四壁嵌着雪白的象牙，两扇银质的大门上雕刻着美丽的花纹和人像，记载着人间无数美好而又古老的传说。高大威猛的赫利俄斯端坐在大殿中央的宝座上，他是太阳的象征，身体散发着炙人的光芒，他穿着古铜色的衣裳，一袭红色的披风将那矫健结实的肌肉衬托得刚刚好。在他的左右依次站着他的文武随从。一边是日神、月神、年神、世纪神等。另一边是四季神：春神青春美丽，戴着色彩飘逸的花项链；夏神目光炯炯有神，裹着金黄色的麦衣；秋神仪态万千，双手捧着芬芳诱人的葡萄；冬神寒气逼人，雪花般的白发显示了无限的智慧。赫利俄斯俊美的面孔下，一双耀眼有神的眼睛正在注视着眼前这个同样威风气盛的法厄同。看到自己的儿子就像年轻时候的自己一样英姿勃发，赫利俄斯觉得无比的自豪。

"我亲爱的儿子法厄同，是什么风把你吹到我的宫殿？你找我有什么事吗？"赫利俄斯只有在面对自己的家人的时候才会褪去平日严肃冷漠的神情，此时的他就像一个普通慈爱的父亲，眼神里满满是自己的孩子，甚至把全世界送给他都不满足。

"我敬爱的父亲，请原谅我的无礼与冒犯，但是我必须要问个清楚，这使我非常痛苦。听说我不是您的亲生孩子，难道我是个野孩子吗？请您详细地解释给我听！"固执的法厄同执拗地问着赫利俄斯，炽烈的眼神仿佛要放出火焰。赫利俄斯被法厄同的问题吓得不禁身体一颤。

"我的孩子，你在说些什么胡话，你当然是我和克吕墨涅的亲生孩子，不要听信外界的谗言！"可是无论赫利俄斯如何解释，法厄同都不肯相信，最后，太阳神无可奈何，他严肃地看着法厄同说："我的儿子，我愿意向鉴证神的誓言的冥河起誓，为了证明你是我的亲生儿子，你提出什么要求我都会满足你！只要你相信我说的话。"

法厄同看着赫利俄斯如此认真地起誓，其实他的内心已经相信了父亲。但是他是个聪明的少年，他想，父亲既然起誓说要答应我的一切愿望，我怎么可能放过这么好的机会呢。

年轻冲动的法厄同一直在计划着做一件惊天动地的事情，讨自己心爱的女孩子那伊阿得斯开心，让她看到自己的勇猛，也正好向她求婚。

"敬爱的父亲，我想要驾驶一天您的黄金太阳马车。这是我唯一的愿望，希望您能满足我。如果您同意，我就相信您所说的句句属实。"

赫利俄斯被儿子的这个要求惊吓得半天说不出来话，他对自己的许诺后悔莫及，他深知这件事的荒唐与危险。说实施，法厄同的冲动莽撞也是继承了他父亲的性格特征。

"我的儿子，你的要求远远超出了你的力量。你要知道没有一个神敢像你一样提出如此狂妄的要求。更何况你是人类。除了我以外，还没有谁能够站在喷射火焰的车轴上。我的车必须经过陡峻的路。每当我站在车上到达天之绝顶时，也感到头晕目眩。只要我俯视下面，看到辽阔的大地和海洋在我的眼前无边无际地展开，我吓得双腿都发颤。我驾驶马车这么久，也会害怕万一一个不小心就会掉入万丈深渊。你真的没办法驾驭它。我可爱的儿子，趁现在还来得及，放弃你的愿望吧。你可以重提一个要求，从天地间的一切财富中挑选一样。我指着冥河起过誓，你要什么就能得到什么！你的要求实在是太冒险了，你不知道，这与你的性命是系在一起的！"

可是不知天高地厚的法厄同不理会父亲苦口婆心的劝告，固执地坚持自己的要求。赫利俄斯不能违背自己对冥河的起誓，便只好按照法厄同的要求去做。赫利俄斯先是在法厄同的全身涂遍了一种特别的药膏，因为法厄同毕竟是凡人的身体，抵御不了太阳马车的高温炙烤，而涂上这种药膏会让法厄同觉得舒服许多。随后赫利俄斯带着法厄同来到了太阳马车的面前，出发的时间到了，他看到法厄同完全没有改变心愿的意思，只好一遍又一遍地嘱托自己的儿子。

"来吧，我亲爱的儿子，出发的时间到了。我必须再次警告你，这可不是儿戏，你务必慎重对待，上了太阳马车不要说话，也不要手舞足蹈，拉车的马儿们都是狡猾的动物，你多余的一举一动都会被它们发现，如果它们认定你不是我，一定会不听话反抗的！"

"好的父亲，我知道了，您相信我吧，我能行的！"法厄同看到镶满七彩宝石金光熠熠的太阳马车早已经心动不已，他有些不耐烦地敷衍着赫利俄斯，迫不及待地登上了太阳马车。

"法厄同，出发的时候要抓牢缰绳，缓缓地拉住，切不可过于莽撞粗鲁，不要让马儿受惊。在快上快下的时候，你一定要紧紧抓住缰绳。另外，你还必须记住，不能飞得太高，也不能降得太低，无论如何也不能放开缰绳！知道了吗？"

法厄同激动地抓着缰绳，一再地冲赫利俄斯点头示意，便出发了。看着年轻气盛的儿子，赫利俄斯的内心很不安，他重重地叹了口气，只能祈祷自己的儿子能够平安回来。

当法厄同驾驶着太阳马车在天空上飞翔的时候，他得意得竟然忘了父亲的嘱托，居然在马车上晃动起来。同时，几匹奔跑的马儿也感觉到了与往日的不同，它们发现今天驾驶太阳马车的人的重量要比赫利俄斯轻很多，而且拉拽缰绳的力道也很不均匀。一匹马儿大胆地回头看了一眼，发现驾驶太阳马车的果然不是它们的主人赫利俄斯，而是一个从来都没见过的小鬼。它把这个信息告诉给了其他的马儿。它们知道后纷纷降缓了速度，回头看这个陌生的驾车人。

"嘿！你们在干什么！快跑啊！我的命令你们没有听到吗？再不快跑我一定会惩罚你们！"

马儿们被法厄同狂妄的话激怒了。"你这个狂妄的小鬼，说话如此大胆，你可知道太阳神赫利俄斯都要敬畏我们三分，你竟然如此大言不惭！你要为你的自负付出代价！"

星星一颗颗隐没了，消失在漫漫天际。金色的太阳马车突然失去了控制，一对洁白丰满的羽翼不停地扇动，它脱离了轨道快速地奔跑起来。无尽的天空，展现出魔鬼一样的幻象。法厄同根本控制不了太阳车，只能任由它在时空里进行毁灭性的穿梭。大地受尽炙烤，因灼热而龟裂，水分全蒸发了；田里几乎冒出了火花，草原干枯，森林起火。大火蔓延到广阔的平原。庄稼烧毁，耕地成了一片沙漠，无数城市冒着浓烟，农村烧成灰烬，农民被烤得焦头烂额；山丘和树林烈焰腾腾；河川翻滚着热水，可怕地溯流而上，直到源头，河川都干涸了；大海在急剧地凝缩，从前是湖泊的地方，现在成了干巴巴的沙砾。法厄同看到世界各地都在冒火，热浪滚滚，他自己也感到炎热难忍。他的每一次呼吸好像是从滚热的大烟囱里冒出来似的。他感到脚下的车子好像一座燃烧的火炉。浓烟、热气把他包围住了，从地面上爆裂开来的灰石从四面八方朝他袭来。乱窜的烈焰烧着了他的头发。马车飞快地降低，草原干枯了，森林起火了，庄稼烧毁了，湖泊变成了沙漠……马车又飞快地升高，人间又是一片冰天雪地。地上的人们不是冻死就是热死，天昏地暗，人世间充斥了无数的怨气。赫利阿得斯眼睁睁看着惨剧的发生，她知道这一切都是自己的错，却也只好无助地叹着气，她想要阻止马儿，可它们已经被怒火燃烧到发狂，无论赫利俄斯如何祈祷，它们都无动于衷。

作为奥林匹斯的太阳神，他不能徇私枉法，眼睁睁地看着人间受苦人类，赫利俄斯只好一狠心放出一只毒蝎，毒蝎咬住了法厄同的脚踝，他痛苦的叫喊声震破了天地。

"父亲……父亲……我知道错了！快来救救我！父亲……"法厄同的声音越来越虚弱，很快，他便松开了缰绳，身体重重地从空中摔了下去，法厄同为他的任性和冲动付出了生命的代价。水泉女神那伊阿得斯含泪将他埋葬。而赫利阿得斯因为自己的谎言惹来的大祸使她失去了最爱的哥哥。她和母亲克吕墨涅绝望地痛哭了四个月，最后她们的眼泪变成了晶莹的琥珀。

悲伤的回声与自恋的水仙

回声和水仙花也有一段凄美而令人哀伤的神州故事……

艾科是山林中的一位活泼俏皮的仙女，她十分聪明和漂亮。山林里的仙女和动物既羡慕她又嫉妒她。她十分的机灵，也比其他的女神都多才多艺。但她也有讨人厌的缺点，比如说她有些自负，喜欢自作聪明，爱吹牛，会时不时地撒谎，不懂得尊重别人。其他女仙们的小秘密从来逃不过她的眼睛，她经常将同伴们的丑事当作笑话宣扬出去，惹得她们很没有面子。她知道自己的优点，这些都是她引以为自豪的地方。美丽的艾科身边从不缺乏追求者，可她从来不对他们正眼相视。不过也难怪，以艾科的美貌来说，她可是山林中首屈一指的美女，一般的男人她当然看不上，在她看来，相貌一般的人都配不上她。

　　一天，当赫拉在宙斯身旁闭上眼睛陷入睡眠时，宙斯从奥林匹斯神殿中偷偷溜下凡间来。众神之王的风流举世皆知，他常常背着妻子去和仙女、凡人谈情说爱。这次，他来到艾科所在的山林中，去私会他早就有所心动的一个水泽女仙。这位女仙刚好是艾科最好的朋友，她见到宙斯第一面时，就被宙斯的花言巧语给迷惑了。女仙并不知道眼前的这个温柔的情人就是众星捧月的宙斯，她沉醉于宙斯布下的甜蜜陷阱，失去了理智，哪怕为情人付出一切都在所不惜。但是聪明的艾科可没有那么好骗，她一眼就看穿了宙斯的真实面目。她知道宙斯和世间的男人一样，是个薄情寡义的负心郎，所以她无数次地劝说自己的好朋友，费尽了口舌。但是女仙以为艾科是在妒忌她，不但没有领情，还和艾科大吵了一架。被误解的艾科既伤心又难过，她远远地跑开了，决心再也不和女仙做好朋友。她甚至赌气地希望自己那愚蠢的好朋友得到严酷的惩罚。

光阴如白驹过隙，一晃就过去了。当赫拉从金座上醒来时，四处观望却不见丈夫，她找遍了奥林匹斯神殿也不见他的踪影，她知道自己的丈夫一定又是背着自己去人间风流快活去了。于是她马上腾驾着自己的七彩云来到了凡间，去找寻失踪的丈夫。正在这时，她发现在一片茂盛的森林上空笼罩着一团可疑的云朵。附近没有任何风吹过的迹象，毫无疑问，那团云根本不是自然形成的，那必定是宙斯的杰作！

"啊，一定是我那个不忠实的丈夫！每次背着我去幽会都用这种把戏！看我如何教训那个勾引他的坏女人！"天后的怒火顿时铺天盖地地散播开来，直冲向那片被云彩笼罩的森林，仿佛要把整个树林都掀翻。当她落在凡间的时候，闪耀的金光吸引住了艾科。

"难道远处正在左顾右盼的那位金光熠熠的女神就是天后赫拉吗？她一定是因为无法忍受丈夫的不忠前来寻找，如果被她发现了，那么我的好朋友岂不是要遭殃？我要不要去告诉她呢，可是她那样不信任我，深深地伤害了我的自尊心。可是和她的生命比起来……"想到这里，艾科决定不顾一切地去解救自己的好朋友，她知道赫拉是个嫉妒心极强的女神，面对侮辱她的情敌，她心狠手辣。没有一个被宙斯宠幸过的女人逃得出她的手掌心。酒神狄俄尼索斯的妈妈，美丽的公主伊娥还有许多无辜的女人都遭到了赫拉恶毒的报复，无一幸免。赫拉似乎已经察觉到了什么，现在只有她能够解救自己的好朋友，聪明的艾科跑到了赫拉的面前，热切地与往日这位高傲冷漠的女神攀谈，缠住了急切寻找丈夫的赫拉。

"哦！我的天哪！希望我的眼睛没有欺骗我，这难道不是最高贵美丽的天后赫拉吗！"艾科一脸崇拜地看着赫拉，可惜这位冷艳的天后根本无心理会眼前这个身份卑微的山林女仙。赫拉不耐烦地推开了艾科，就像轰赶一只苍蝇一样漫不经心。眼看着赫拉根本没有理会自己的意思，艾科又跑到赫拉的面前找话题，她要尽自己最大的努力吸引赫拉的注意，为自己的好伙伴争取逃跑的时间。

　　"伟大的赫拉，原谅我这样厚脸皮地缠着您，因为您的荣光太耀眼了，我从小的时候就十分崇拜您，一直梦想着与您攀谈。今日美梦成真，感谢神灵的眷顾，让我看到了您本人，请您赠予我一个签名，让我留作纪念吧！"艾科扑倒在赫拉的面前，双手环住赫拉迈出去的双腿，死死地缠住了赫拉。赫拉有些生气，她看着眼前这个话多又无赖的女仙，冷冷地说道："你这个女仙还真是大胆，竟然敢误我的大事。但是正好我也有事情要问你，如果你帮助我找到我的丈夫，我可以答应你的任何一个要求。"

　　这正好称了艾科的心意，赫拉将注意力转移到了她的身上。"是真的吗？哦，我尊贵的女神赫拉，您是多么的宽容大方啊，遇到您真是我的荣幸，我愿意帮助您，您是要找您的丈夫宙斯吗？他一个人往那个方向走了！"自作聪明的艾科给赫拉指向了一个与宙斯他们所在地方相反的方向。她以为骗过了天后赫拉，可事情似乎并没有她想象得那么顺利。赫拉并没有相信艾科的话，她愤怒地盯着艾科，瞪大的牛眼让四周的一切都在默默地打着冷战。

"愚蠢而又胆大的仙子，你以为这样就可以欺骗我吗？我早就看清了你的把戏，给你机会你不好好珍惜却还敢跟我作对！你这是故意拖延时间吧？好让我的丈夫和你的同伴趁机逃离我的视线！你这个可恨无知的女人！你的话太多了，你要因此付出代价，既然你这么喜欢说话，那么我就惩罚你让你以后只能学别人说出的最后几个字！"任何言语都无法形容赫拉的愤怒，她用金杖指向惊恐万分的艾科，没给她任何解释的机会就对她施下了恶毒的咒语。

　　赫拉走后，诅咒便生效了，艾科从那以后再也不能自己说话了，别人说一大段话后，她只能模仿出他们的最后几个字。被她嘲笑过的同伴们开始反过来嘲笑她，追求她的人也寥若晨星。所有人都知道她被赫拉惩罚的事情，她们幸灾乐祸地指责艾科自作自受。同情她关心她的人也越来越少。她开始自怨自艾，她抱怨命运的不公，她失去了独立说话的能力，这让她陷入无尽的自卑与痛苦中。艾科整天垂头丧气，她不再清洁自己的外表。后来，她的头发纠结成一团乱泥，青苔遍布她的全身，同伴们都不愿再见到她，一个个弃她而去，到最后，只剩下她孤零零一个人了。她找了一个山洞，躲在里面再也没出来。

　　直到有一天，一群意气风发的少年来到这座森林，他

们兴高采烈地狩猎，追逐着一群野兽，嬉笑的声音惊醒了
山洞中沉睡着的艾科。她悄悄地探出头，看着一群少年追
逐嬉戏，那种兴奋的情绪感染着她，她仿佛又回到以前和
同伴们待在一起的时光。她呆呆地看着，一个人偷偷笑起
来……

　　突然，一个风流倜傥、器宇不凡的青年男子闯入了艾
科的视线。他的名字叫作那喀索斯。他在那群少年中显得
鹤立鸡群，剧烈的运动使得他双颊发红，像天边最后一缕
阳光永远地停在他的脸上，他欢笑着，声音清脆，笑声爽
朗，这一切的一切，都让艾科心醉不已。她对这个风度翩
翩的青年一见钟情，并深深地爱上了他。

　　那喀索斯是河神刻菲索斯和水泽女神利里俄珀所生下
的孩子。他的父母非常喜欢他，并视他为掌上明珠。为了
让神明保佑那喀索斯的平安，刻菲索斯和利里俄珀捧着许
多祭祀的用品来到了神殿，他们想求得神谕来预知孩子将
来的命运。可神谕却说："不可以让他认识自己。"神谕
的指示模棱两可，晦涩难懂。刻菲索斯和利里俄珀虽然并
不真的明白，但是为了让孩子健康茁壮地成长，他们还是
决定按照神谕的指示做。他们收起了宫殿中一切能够反射
出影像的东西，镜子，光面的物体，并特意将宫殿迁徙到
了一个距离湖泊和溪流很远很远的地方，并小心翼翼地照

顾着那喀索斯，不让他知道自己长什么模样。光阴荏苒，日月如梭，不知不觉中，那喀索斯已经长到十六岁，成了一位十分俊美的少年。他常常背着箭囊，手持弯弓，从早到晚在树林里打猎。树林中有许多山林仙子在游玩，她们都很喜欢那喀索斯的美貌和风姿，都愿意与他亲近。

自从艾科见到了那喀索斯后，整个人又变回了原来那个活泼快乐的自己。她每天都会精心地打扮一番，一头金色的头发又恢复成往日那样的柔顺美丽，美丽的笑容在婀娜身姿的衬托下更加妩媚动人。她紧紧地追随在那喀索斯的左右。直到有一天，那喀索斯同他的伙伴走散了，他高声喊道：

"有谁在这里？"

艾科应声道："在这里！"

那喀索斯四下望望，不见人影，便又喊道："你过来！"

艾科又应声道："过来！"

那喀索斯回头望望，仍不见人影，便大声说道："你为什么躲避我？"

艾科又应道："躲避我？"

那喀索斯一定要见见这个同他说话的人，便说道："让我们在这里相会吧！"

　　艾科心里乐得什么似的，她一面回应说："相会吧！"一面急忙地从林子里跑出来，一看见那喀索斯，便伸出双臂去拥抱他。

　　那喀索斯大吃一惊，一面连连后退，一面高呼："放开手！你是谁，为什么如此不知廉耻，像你这么丑陋的女人，如果我接受了你的爱情，那我还不如死掉得好！"

　　艾科轻轻地说道："不如死掉得好！"看着那喀索斯因为惊恐和愤怒而扭曲了的面孔，艾科恨不得找个地缝钻进去。她不想说出那些话，可是赫拉的诅咒却让可怜的艾科无法控制自己的声音。她顿时羞得满脸绯红，飞快逃入林中。从那以后，她比之前的自己更加自卑与痛苦。她深深地爱着的人却是如此地讨厌她。艾科整天一个人躲在山洞和峡谷里，不再与人来往，忧伤充满她的心，她日复一日地憔悴下去，她的声音却永远留在山谷里，不断地回应着人们的呼唤，从此以后，人们为了纪念这个因为帮助别人而受到伤害的可怜的山林女神，便用她的名字给"回声"命名。英语中的"echo"就是回声的意思。

　　而同样骄傲自负的那喀索斯不仅对艾科这样冷淡，他对所有的女神都很冷淡。他无情地拒绝了所有向他求爱的仙子。并用残忍刻薄的话语伤害了她们。绝望伤心的仙子们纷纷向命运女神祷告，希望她能帮助她们惩罚这个自负无情的男人。命运女神涅墨西斯听到了她们的祷告,并为她们悲惨的遭遇感到深深地同情。她答应她们给那喀索斯一个诅咒的惩罚,那就是——那喀索斯有朝一日会无可救药地爱上一个人,但他永远也得不到心爱的人的爱!

有一天,那喀索斯又到林中打猎,命运女神故意将他引到了他从来没有到过的一片湖水面前。他从没有见过湖,这湖水还没有被一个牧羊人发现过,所以不曾有一只山羊饮用过,不曾有一只野兽游玩过,也从没有一只鸟雀飞掠过。湖面上没有一枝枯枝或败叶,湖的四周长满了绿茵茵的细草,高大的岩石遮蔽着太阳的光和热。那喀索斯觉得有些累,仿佛有种隐约的力量将他牵引过去。那喀索斯刚要低下身去抚摸这平静的湖水,突然他看见了自己水中的影子。这影子是那么美丽:一双明亮的慧眼,有如太阳神阿波罗那样的卷发,红润的双颊,象牙似的颈项,微微开启的不大不小的朱唇,妩媚的面容,真如出水的芙蓉一般。那喀索斯从没有见过如此美丽的人,他对水中的倒影一见钟情。他想这一定是水中的仙子在向他示爱。他微笑,水中的倒影也微笑。他脸红,水中的倒影也羞涩起来。那喀索斯更加确定他已经和水中的倒影两情相悦了。他内心无比喜悦,竟然爱上了自己水中的倒影。他想伸手去拥抱水中的情人,可当他的手一触到水面,那影子便悄然不见了。他用嘴去吻一吻他的朱唇，当他的嘴一接触水面，水面便化作一片涟漪。过了好一会儿，那水中的神仙才又重新出现。他这样在湖边流连，频频望着湖中的影子，不觉得累，也不觉得饿。他站得远，他也站得远；他站得近，他也站得近。只要他一想要碰碰他，他便消失得无影无踪。他只能站在湖边，望着自己的影子，过了一天又一天。他不吃也不喝，痛苦异常。他面颊上的红润消退了，他的青春活力枯竭了。他轻轻地倒在地上，头枕着岸边的嫩草，永远地闭上了他那双被人赞赏，又被他自己深深地爱着的眼睛。最后，他在相思与憔悴中死去了。在他死后不久，他的尸体便变成了一株美丽的水仙。年复一年地望着水中的倒影绽放，然后再在日复一日的自赏中渐渐败去。

伊卡洛斯的翅膀

如果一个人做了恶事，就会得到应有的惩罚。这种惩罚也许会让自己最亲近的人遭殃，甚至会让他们失去生命。如果一个人过于追求不现实的东西，即使他没犯错，也会为自己的愚蠢付出沉重的代价。

代达罗斯是古希腊雅典最有名也是最有才气的一位艺术家。他十分擅长雕刻、建筑以及石刻艺术。他所创作的艺术作品充斥着世界各个角落。大到国王宫殿的门柱，小到孩子手中的玩具，没有一样不是他拿手的。他不但手艺精湛，对于美，代达罗斯也有自己独到的见解。经过他的双手处理过的东西，没有一样是丑陋或者失败的。同时，他还拥有着异于常人的智慧和创造力，聪明的头脑为他带来了人们对他的认可与称赞。大家都称他为人间的赫淮斯托斯，就连高高在上的国王都被他的作品折服。他的名字家喻户晓，每个人在谈论到他的时候都赞不绝口，脑海中浮现出的精美的艺术品已经不能用言语来形容了。他是赋予死物灵魂的造物主，人类世界因为他的创造而充满了美丽与神奇。老百姓们对代达罗斯佩服得五体投地，他们热爱这个天赐的艺术家超过了爱自己的国王。但是代达罗斯有一个致命的缺点，他看重名气，贪慕虚荣，而且嫉妒心非常强。

代达罗斯有一个可爱的小侄子名叫塔罗斯。塔罗斯自幼父母双亡，被托付给代达罗斯收养。代达罗斯为了使塔罗斯长大后能够靠自己的双手自力更生，便传授他雕刻以及制作艺术品的本领。小塔罗斯离开了家乡从叔学艺，他十分地勤奋好学，并且励志要成为像叔叔一样闻名遐迩的艺术家。塔罗斯天资聪慧，一点就透，而且善于观察和学习，从来不用代达罗斯费心劳神，他孩童般的好奇心和如星空般浩瀚的想象力使他在幼年时期就获得了显著成就。比如，他在跟随叔叔学习陶艺的时候就发现，像叔叔那样不停地转圈捏一个弧形的碗要费很大的力气，而且一旦稍不留神用力不均，做出来的成品就达不到精美的效果，有时候甚至还会变成丑陋不堪的残次品。塔罗斯不停地琢磨，如何才能既省时又省力地捏好一个艺术品呢？就在代达罗斯还专注于制作千篇一律的艺术品的时候，塔罗斯却在不断地观察周遭的事物，他惊喜地从旋转陀螺的原理中发明了陶工转盘。除此之外，他还根据蛇骨骼的形状与坚韧度发明了锯齿，并成功地用锯齿割断了木板。后来，他用铁打造了一把铁锯，可以轻而易举地割断许多东西，使用起来也比刀子等利刃方便得多。

　　就这样，塔罗斯在不断的思考和发明中长成一位年轻有为的少年。他通过虚心的学习和不断的探索求知发明了更多的东西，他用代达罗斯制作剩下的废品发明了可以画出标准的圆的东西。就是将两根铁棒连接起来，然后将其中一根铁棒牢牢地固定在一端，根据需要调整另一根铁棒与固定铁棒的夹角，并绕着它旋转。这就是我们现在所广泛使用的圆规。当时圆规的发明为人类劳动做出了巨大的贡献，也使当时的艺术家们所创作出来的东西更加对称美观。当然，除了圆规，塔罗斯还独立发明了许许多多方便实用的工具。为此，他名声大震，他受到了人们的尊敬和崇拜。塔罗斯超越了自己的叔父成了一名成功的发明家，他的发明让整个人类社会前进了一大步。

　　眼看着自己的学生一点一点地超越自己，名气也与日俱增，代达罗斯的心里很不是滋味。他暗暗地嫉妒这个初出茅庐的毛头小子竟然拥有比自己还要高的天分，人们对他的赞誉完全淹没了自己毕生努力得来的荣耀，人们甚至已经淡忘了他的存在。前来拜访他的朋友越来越少，而他的制作作坊到后来也基本上是无人问津。相反，塔罗斯反倒成了王国里的人气王。他的门槛已经被拜访的人踩烂，就连国王都会亲自到他的房屋与他友好攀谈。这样高的待遇就连代达罗斯都没有享受过。自尊心备受伤害的代达罗斯不再传授给塔罗斯任何的知识，昔日里那个懂事可爱的小侄子如今已经变成了他的眼中钉肉中刺，他没有一天不在盼望塔罗斯消失，这样，他就可以回到从前众星捧月般的生活中去了。

但是对于代达罗斯的记恨，单纯的塔罗斯完全不知情。他早已经将叔叔当成了自己的父亲，无论遇到什么事情都会找他谈心。有一天，塔罗斯带着沉闷抑郁的代达罗斯来到了过往的宫殿，他们攀上钟楼的顶层，塔罗斯滔滔不绝地对代达罗斯诉说着自己的宏伟蓝图和发明构思，为了逗叔父开心，塔罗斯还跟代达罗斯开玩笑说一定要超过叔父做雅典最伟大的发明家。只是塔罗斯并没有想到他的几句玩笑话已经完全激怒了本就妒忌成火的代达罗斯，这个小肚鸡肠的代达罗斯一心认为塔罗斯是故意向他炫耀，故意蹂躏他的尊严，一气之下竟然残忍地将塔罗斯从高高的城墙上推了下去。就这样，无辜的塔罗斯被最信任的叔叔残忍地杀害了。

当代达罗斯跑到地面的时候发现自己的侄子已经死了，他的脑子像炸开了一样乱成一团。他对自己一时的冲动懊悔不已，平日里连只鸡都不敢杀的自己竟然失手杀死了人，而且那个人还是一直陪伴在他身边的亲侄子，代达罗斯知道自己的罪过不可饶恕。他想要去国王那里自首，坦白自己的罪过，但是他的怯懦和自私立刻将忏悔的念头打消在脑中。阴险的代达罗斯心想："不，我不能这样莽撞，如果我去自首，我的一切功劳和美誉都会毁于一旦，搞不好还要赔上性命！像我这么聪明而又伟大的人不可以这样死去，这不值得！"于是，狠毒的代达罗斯慌慌忙忙地埋葬了塔罗斯的尸体后就跑了。但是这一切还是被一个路过的士兵发现了，他将代达罗斯的罪行通报给了国王，国王对代达罗斯的行为感到十分的气愤和失望，他下令派人抓捕代达罗斯，并准备亲自给他判罪。

代达罗斯得知这个消息后，胆子都吓破了，他放弃了所有的家产，在深夜的时候慌忙逃出了城。经过漫长的流浪，代达罗斯漂泊到了克里特岛。他来到岛上的王国，想请求这里的国王收留他。国王米诺斯是个骄横而又残暴的人，他待人十分霸道不友好，只要是他心情不好，他就会变成杀人不眨眼的恶魔。米诺斯还有一个奇怪的嗜好，正如他的个性一样，他还养了一只巨大的怪兽作为宠物，并将怪兽命名为米诺陶斯。米诺陶斯是一只凶悍可怕的妖怪，有着庞大的双重形体。它从头顶到肩膀像一头野蛮粗暴的公牛，而其余的部分则和人类没有区别。这头怪兽每年都要吃很多人，而残暴的米诺斯非但不去阻拦，还百般纵容怪兽祸害国家的百姓。因此，岛上的百姓都十分惧怕他。

米诺斯听到有外来的人请求收留他，便很不耐烦地命令士兵将他送给大怪兽米诺陶斯作为它的晚餐。但是当米诺斯得知漂流到这里的落难者不是别人，正是声名鹊起的大艺术家代达罗斯后，他的态度来了一百八十度大转变。其实米诺斯并不是同情代达罗斯的遭遇或者良心发现不再作恶，他只是觉得这个大名鼎鼎的代达罗斯会给他带来新奇的玩意。甚至对于他来说，代达罗斯本人就是一个送上门的玩具。米诺斯热情地招待了落魄不堪的代达罗斯，并以虚伪友善的面孔收拢了代达罗斯的心。他们成为了无话不谈的好朋友，米诺斯更是慷慨解囊地将全岛最美丽的女人嫁给了代达罗斯，不久女人便生了个儿子，取名为伊卡洛斯。代达罗斯在岛上被当作有名望的艺术家，受到了极大的尊重和爱戴。

但随着光阴的流逝，代达罗斯也逐渐发现了米诺斯的真实面目，米诺斯在得知代达罗斯的所有秘密之后就像操控一只木偶一样操控着他。代达罗斯在国王百般的威胁和玩弄中终于恍然大悟，这么多年来，他一直被米诺斯的虚伪蒙蔽着。米诺斯是个无比狡猾自私的国王，他的身体里流淌着冰冷的血液，对于同伴，他不惜用最残忍的手段将其残害，只是为了满足他情绪上的快感。米诺斯从来不把代达罗斯当作真正的朋友，甚至一点诚意都没有。他不过是把他当作一个唾手可得的棋子，榨取干剩余价值后就可以随意丢弃。如果幸运的话，自己会被米诺斯手底下的士兵杀掉，不幸的话，他直接就会被米诺斯的宠物活生生地吞掉。阴险恶毒的米诺斯从来没想过放代达罗斯生路，他威胁他如果逃跑，就会将他是杀人凶手的事实公布出去，这样一来，没有人再敢收留他，一旦他被抓回来，会死得更惨。于是代达罗斯陷入了深深的痛苦之中。时光荏苒，又过了几年，代达罗斯的妻子也去世了，只剩下代达罗斯和伊卡洛斯两个人相依为命。他们每天都在国王阴晴不定的情绪中苟且偷生，他们的性命竟比蝼蚁还要卑微脆弱。

终于有一天，国王米诺斯要求代达罗斯为怪兽米诺陶斯建造一个能够令它永远无法走出去的住所。因为米诺陶斯已经不受控制，随时都会危害到王宫里的人。米诺斯怕它伤害到自己，便要求代达罗斯想尽一切办法困住他。代达罗斯并不想再为米诺斯效劳，他已经对这个虚伪自私的国王深恶痛绝，但是一想到这么做也可以拯救岛上众多无辜的百姓，代达罗斯想到了迷宫。于是他和他的儿子伊卡洛斯率领着王宫上上下下的人用最短的时间打造了一个巨大的迷宫。迷宫的四周是高高的铜墙铁壁，非常坚固，高度直冲云霄，且墙壁没有一丝漏洞。这使米诺斯非常满意，他一边欣赏着这个庞大恐怖的建筑，一边盘算着更多的坏主意。

"很好，代达罗斯，你真不愧是王国里最厉害的艺术家和设计师，你设计的迷宫从外形上来看，我非常满意。只是，你确信我的宠物米诺陶斯不会从里面走出来吗？"

"不会的，国王。这个迷宫结构非常复杂，身为总设计师的我一旦走进去也无法出来。而且遵从您的指示，迷宫的所有墙壁上都插满了尖锐的铁刺，而且每根铁刺上都涂满了剧毒。如果谁想要反抗用武力挤破墙壁，那么他必死无疑。"代达罗斯面无表情地向米诺斯解释着迷宫的高妙，他知道米诺斯的内心在打什么鬼主意。

"哦，看我们国家伟大的设计师是多么的聪明啊！但是，我的宠物米诺陶斯也狡猾得狠，它是不可能听话地独自走进去的。除非有人做诱饵诱惑他……代达罗斯，你是我忠实的伙伴，我相信举国上下也只有你和你的儿子有这样的胆量和气魄去拯救大家了。你们是那么的善良和聪明，我这一生能够有你们做我的朋友，我感到非常的荣幸，谢谢你们的牺牲！"

狠毒的米诺斯还没有等代达罗斯父子做出回应，就命令士兵将他们推进了迷宫。大怪兽米诺陶斯看到了诱人的食物，饥肠辘辘的它也跟着追了进去。聪明的代达罗斯早就预料到了这一点，他在距离迷宫入口不远的地方设置了一个机关，只要一按按钮，迷宫的墙壁就会翻过去，将他们和怪兽隔开。就在米诺陶斯眼看就要抓到他们的时候，他们顺着有机关的墙壁翻到了另一面，暂时保住了性命。

"爸爸，你真的是太聪明了！如果没有你发明的机关，我们早就被那恶心的怪兽活吞了！这个自私狠毒的米诺斯，竟然对我们下毒手！"伊卡洛斯还没有褪去年轻的稚气，他愤怒地咒骂着国王米诺斯。

"我的儿子，我早就发现了米诺斯的真正面目，之所以不去戳穿，是为了我们能够保命存活。我已经老了，可你还年轻，你还要去经历更广阔的世界。其实我早就知道米诺斯会借这个机会除掉我们，我们的发明和创造为他带来了无尽的好处。但是我们的能力毕竟有限，当我江郎才尽的时候，那就是他要杀掉我们的时候。千万不要奢望他会大发慈悲地放我们出去，他是个如此小气而又自私的国王，他怕我们到别的国家后将发明的技术流传出去，这样，他所拥有的一切都不再珍贵了。"

一晃三天过去了，代达罗斯偷偷准备的食物也都被父子俩吃光了。眼看着生命就要走到尽头，伊卡洛斯可没有他的父亲那样沉着，他万分地焦躁和绝望。

"爸爸，再这样下去我们会死的。可是我还不想死，我还有很多的梦想没有去实现……为什么我们的命运会如此不公平，我们为这个国家奉献了那么多，可却还是逃不出死神的捉弄……"说着，伊卡洛斯流下了绝望的泪水。

代达罗斯毕竟是经历过许多大事的人，此时的他已经褪去了年轻时候的怯懦和莽撞。他安抚着悲痛的儿子，一再地鼓励他不要放弃希望。

看着坚强的代达罗斯，伊卡洛斯也收起了眼泪，他要和父亲一起想办法和命运作抗争。就在这天黄昏，伊卡洛斯看着漫天飞翔的海鸥羡慕地说道，"爸爸，我真的很羡慕那些鸟儿啊，他们可以在广阔的天空自由自在地飞翔。我现在的梦想，就是可以像那些海鸥一样过上自由自在无拘无束的生活。"

伊卡洛斯的感慨一下子激起了代达罗斯的灵感。

"对啊！儿子！我们不该放弃希望的啊！虽然我们无法走出这个复杂庞大的迷宫监牢，也无法攀爬上高高的墙顶，但是我们可以飞出去啊！"代达罗斯看着儿子惊喜地说道。

"父亲，您不要开玩笑了，我知道您是想安慰我，但是这一点也不能使我开心。我们不像那些鸟儿一样长着丰满的羽翼，光凭两只手，我们是无法飞出去的啊。"伊卡洛斯并没有领会代达罗斯的意思，本就绝望的双眼更加黯淡。

"不，我的儿子，你看！"代达罗斯捡起了地上的羽毛，"海鸥每次飞过的时候都会掉落大量的羽毛，你看，如果我们将满地的羽毛收集起来，用蜜蜡粘成适合我们体型飞翔的巨大的翅膀，我们就可以逃出去了！"

伊卡洛斯听完父亲的话恍然大悟，他惊喜地握住代达罗斯的双手，仿佛眼前的世界又是一片明亮。

"父亲，这里到处都是蜜蜂筑的巢穴，蜜蜡一定有很多，我们现在就开始动手，相信一天之后我们就可以飞出去了！我真想飞上那高高的天空，去拥抱那久违的太阳。"父子俩满怀信心地开始制作翅膀，他们的聪明才智让他们生命的希望重新燃起了。

终于，在父子俩昼夜不停的努力下，两对巨大的翅膀做完了。代达罗斯和伊卡洛斯纷纷将翅膀绑在了自己的手臂上，用力地上下呼扇，虽然一开始毫无经验的两人失败了几次，但是他们最终还是飞向了高高的天空。

伊卡洛斯激动地振翅高飞，他终于呼吸到了新鲜的空气，终于听到了海鸥的鸣唱，终于感受到了阳光的温暖，湛蓝的大海俯在他们的身下为他们欢呼，欢腾的海豚成群结队地越过水面为自由跳舞。外面的世界，好美丽！伊卡洛斯没有忘记他的梦想，他只想越飞越高，去拥抱那美丽耀眼的太阳。代达罗斯惊恐地看着儿子不断地向上飞，大声地呼喊：

"快回来！伊卡洛斯！快回来！上面的温度太高了，蜜蜡承受不了那么高的温度就会融化，你的翅膀会破碎的啊！快回来啊，我的儿子！"

可是被太阳深深迷惑住的伊卡洛斯哪里还听得进去父亲的警告，他依旧义无反顾地向上飞翔，追逐自己的理想。终于，在靠近太阳的时候，炙热的高温使翅膀的蜜蜡完全融化，洁白的羽翼迅速地散开，从伊卡洛斯的两肩滑落下来。伊卡洛斯从高高的天空上跌落下来，漫天飞舞着洁白而破碎的羽毛，伊卡洛斯这才意识到了自己的不切实际的鲁莽，他大声呼喊着父亲，希望他能抓住自己的手救自己。只可惜此时的代达罗斯用最快的速度也无法飞到儿子的身边，他只能眼睁睁地看着伊卡洛斯的身体从高空坠落，掉到大海中消失了踪影。

代达罗斯绝望地飞到了大海的岸边，看着被海浪推到海岸上的伊卡洛斯的尸体，代达罗斯的心撕裂般地痛。

他痛苦地号叫着："不，我的儿子……你还这么年轻就失去了宝贵的生命！是塔罗斯来复仇了吗？是我的错啊！我的罪孽不足以平息塔罗斯的愤怒，当初是我的自私和虚荣使同样年轻的侄儿失去宝贵的生命……这是对我最残酷的惩罚啊……"

珀尔修斯的成长冒险

作为伟大的宙斯的儿子，珀尔修斯注定要经历一次勇敢
的冒险。为了能更好地保护心爱的母亲，成为一名真正的男
子汉，珀尔修斯不畏艰难地开始了他的冒险之旅……

很久很久以前，在古希腊的一片沃土上有一个亚各斯王国，那里的国王阿克里希俄斯活得小心翼翼。他十分地冷漠残忍，只爱他的王位和财产，甚至毫不顾念骨肉亲情。在他登上王位的那一年，他曾经来到神殿请示神谕为自己祈福，但是神谕却说：国王的外孙将会夺取他的王位和生命。但是，如果国王因此杀害他的外孙，他也将受到严酷的惩罚。

这一道神谕对于刚刚即位的阿克里希俄斯来说简直就是晴天霹雳，他绝不允许这么不吉利的事情发生，无论是谁，都休想争夺他的王位。阿克里希俄斯只有一个女儿，名叫达那厄。达那厄是个非常顺从听话的女子，即使阿克里希俄斯对自己的女儿并不好，她也从来不敢违背父亲的意思。这一次，冷血无情的阿克里希俄斯为了不让神谕的预言发生，他狠心地将自己的女儿关进了一座谁都无法出入的高塔。天性柔弱的达那厄虽然伤心不已，但她也无力反抗，只好顺从父亲的安排独自一人在冰冷的高塔中过上了与世隔绝的生活。

一晃五年过去了，达那厄从一个天真纯洁的小女孩长成了娇柔美丽的女子，她有着比其他女孩子都楚楚动人的外表，却不能像她们一样自由自在地生活、玩耍、谈恋爱。她每天只能透过那扇憋闷窄小的铁窗看外面的世界。她看到一对对亲密的恋人谈笑嬉戏，穿着漂亮的衣服，呼吸着自由的空气，拥抱着花草的芬芳……达那厄的内心既酸楚又羡慕。她已经到了花一般少女的年纪，和其他少女一样，对美好甜蜜的爱情也有着无限的遐想和憧憬。但是这在别人看来如此平凡的一切，在达那厄那里只能化作一场彩虹般的梦。她只能在睡梦中才可以穿上美丽的衣服和心爱的恋人唱歌跳舞，才可以做一切她想做却又不能做的事情。因为自私残忍的阿克里希俄斯除了他的王位，不在乎任何人和任何事情。像他这种丧尽天良的人，又怎么会去体恤少女那颗悸动纯洁的心呢……

突然有一天，天后赫拉因为要外出参加宴会，要离开奥林匹斯神殿好多天。这对于风流贪玩的宙斯来说是个绝好的机会。在送走赫拉之后，他便迫不及待地来到了人间，寻找他最新的猎物。正在他四处寻觅的时候，他发现了被囚禁在高塔中的达那厄，宙斯便对忧郁美丽的达那厄一见钟情了。他便化成一阵金雨进入了高塔，金雨落在一起堆成了一个俊美的青年男子。这让毫无准备的达那厄受到了惊吓，她惊恐地看着眼前这个突然出现的陌生男子，一时间竟忘了呼叫。

达那厄用力地揉了揉双眼，发现在昏暗的屋子里这个陌生的男子的确不是幻象，她有些害怕，但害怕之余又充满了兴奋与喜悦。她已经很久没有与人交谈了，自从走进这个监牢一样的高塔，就再没有人与她说话，更别说拥有朋友了。

"你……你是怎么进来的？你是谁？"达那厄胆怯地问着眼前的男子，眼睛却不敢直视他，她不知道这个陌生人到底要做什么，但是直觉告诉她这个人并不是坏人。

宙斯看着羞涩的达那厄，他更加喜欢这个可爱的姑娘了。她有着如泉水般清凉的双眸，眼神中翻涌着孩子般的好奇与天真，轻薄的嘴唇微微地颤动着，吞吞吐吐的话语明明探出了嘴边，却又被羞涩与矜持生生地拉了回去。婀娜的体态让这个忧郁中渗透着俏皮的女子更加妩媚高贵。虽然不知道她为什么会被锁入高塔，但是眼前这个与众不同的女子已经让垂涎已久的宙斯心动不已。宙斯并不是一个粗鲁野蛮的神，他懂得用不同的办法讨取猎物的欢心，然后再让美丽的女子心甘情愿地接受他的垂爱。于是这次，宙斯又顺利地捕获了达那厄的心。

达那厄是个单纯善良的女人，虽然宙斯的到来对她来说是那么的唐突，但是宙斯变化的男子一次又一次来到高塔中与达那厄聊天，逗她开心，终于打动了达那厄的芳心。她看着眼前这个眉目清秀、俊朗健壮的男子，内心小鹿不断乱撞。她十分地幸福，她知道这个男子在追求她，她也知道，期待已久的爱情终于没有与她擦肩而过。就在不久以后，她为宙斯生下了一个男孩，取名为珀尔修斯。

国王阿克里希俄斯在得知这件事后惊慌不已，当初为了避免他的外孙出世，他才特意将达那厄关进高塔中断绝她和外人的来往，可谁知最令他害怕的事情还是发生了。现在的阿克里希俄斯已经顾不上去调查孩子的父亲是谁，他正在为如何处理掉达那厄母子俩而焦头烂额。神谕说他不能亲手杀害自己的外孙，可是如果让他活下来，自己的王位和性命就保不住了。该怎么办呢？终于，阿克里希俄斯想到了一个绝妙的好办法，他必须要让达那厄母子俩远离自己的视线，并且永远不能回到自己的身边。他把他们放进了一个大的箱子里，扔到了大海中。阿克里希俄斯以为这样就万无一失了，因为他们俩一定会葬身在大海中，即便波涛汹涌的海浪淹不死他们，他们也会因为缺少食物和水而活活饿死或渴死。就算他们命大躲过了死亡，他们也可能因为漂流得太远又不记得路途而无法回来，这样一来，自己既没有亲手杀死他们，也不用担心外孙会夺取自己的王位和性命。

　　独自漂流在茫茫大海上的母子俩如果真是的孤立无援的话，自然凶多吉少，但是宙斯不会让他心爱的女人和儿子受到危险，他虽然不能公然地下来帮助达那厄母子俩，却暗中吩咐了海神波塞冬不要让怒吼的海水刁难无助的母子俩，还派遣海中的精灵不断地送给他们食物和水，一路护送她们漂流。海浪引导箱子乘风破浪，平安地抵达了希腊爱琴海的塞里福斯小岛，并靠近了海岸。海上的渔民发现了落魄的母子俩，便把他们送到了国王那里。塞里福斯岛的国王是狄克梯斯和波吕得克忒斯兄弟俩。两人在得知达那厄和珀尔修斯的遭遇后深感同情，并决定收留他们。然而，好色的波吕得克忒斯还有一个不单纯的目的，他对美丽的达那厄一见钟情，想要娶她为妻。但是达那厄是个对待爱情坚贞不渝的女人，虽然宙斯残忍地抛弃了他们母子俩，但是她对宙斯的爱却丝毫未减，达那厄不愿意背叛宙斯，于是无数次拒绝了波吕得克忒斯的求婚。看着母亲一次次地被波吕得克忒斯骚扰，却还要为了照顾自己对国王低三下四，屡次三番不顾尊严地乞求国王，年幼的珀尔修斯十分心疼，却苦于无力保护自己脆弱温柔的妈妈。

随着时间的推移，珀尔修斯逐渐长成了身强力壮的青年。与此同时，波吕得克忒斯也毫不气馁，仍然向对宙斯念念不忘的达那厄大献殷勤。只是他再无往日的耐心和温柔，对达那厄的乞求和眼泪也再无恻隐之心。他为了得到她，每天都会来到达那厄的家中逼迫威胁她嫁给他。但是每当这个时候，身强体健的珀尔修斯就会勇敢地站出来，打退波吕得克忒斯的卫兵，并把他赶出家门。这让波吕得克忒斯十分窘迫。珀尔修斯毕竟是宙斯与凡人所生的儿子，虽然称不上神，却也比一般人都要威猛勇敢。他年纪轻轻就有一身高超的武艺，所向披靡，全岛上下没有谁能打败他。即便是国王手下最精英的侍卫联合起来一起攻击他，都不是他的对手。因此波吕得克忒斯也非常无奈，珀尔修斯日夜守护着母亲，任谁都无法伤害她。

"亲爱的达那厄，你就嫁给我吧，你嫁给了我，你就是高高在上的王后，你会拥有一切，我是那么的爱你，十几年如一日地追求你。美丽的维纳斯可以证明我对你的真心，你怎么忍心再拒绝我呢？"

"不，对不起国王……我不能嫁给你，我的心里已经有人了，我会一直等待他回到我身边。"

大丢面子的波吕得克忒斯对达那厄温柔式的拒绝已经忍无可忍，他无数次地放下国王的架子来向这个未婚生子，且身份卑贱的女人求婚，软磨硬泡用尽一切办法，最后竟落得一身狼狈，举国上下都在嘲笑他，倍感侮辱的波吕得克忒斯又一次对达那厄吼了起来。但与以往不同的是，他不甘于再次被珀尔修斯赶出去，这一次他要想出一个万无一失的计谋，不但能除去讨人厌的珀尔修斯，还能顺利地让达那厄归顺自己。

　　"哼！愚蠢的女人！你不要不识抬举，若不是当初我收留了你们母子俩，你们又怎么会有今天！好吧，既然你们不愿意享受荣华富贵的生活，就和其他的老百姓一样交税报答我们吧！"说罢，波吕得克忒斯便转身离去了。当然，他并不是真的想要收什么税，这是他的阴谋诡计。

　　第二天，波吕得克忒斯在街市中心亲自收税，所有的百姓都排好了队伍牵着一匹马交到了士兵的手里，这可让站在不远处的达那厄急坏了，平日里母子俩的生活已经十分拮据，哪里还买得起马匹去交税……珀尔修斯自信地安抚着流泪的妈妈，并告诉她自己会解决一切问题。

　　珀尔修斯早就看穿了波吕得克忒斯的诡计，但是他不会乖乖就范。轮到了达那厄一家，波吕得克忒斯坐在高高的椅子上幸灾乐祸地看着他们。

　　"对不起国王，我们家很穷，没有马匹交给你！"珀尔修斯挺直了身板，与那些面露难色的百姓相比，他的表情轻松之余还带了几分调侃。这个小心眼的波吕得克忒斯为了报复大家对他的嘲笑，竟然用这么卑劣的方法让大家惧怕他。

　　"好一个狡猾的珀尔修斯，你以为你这样就可以逃避交税吗？你不要认为你可以凭借一身蛮力就为所欲为，你这个无赖！全岛百姓都交了税，在这么多人面前，你别想抵赖！"波吕得克忒斯以为这样就可以唬住珀尔修斯，他虽然不知道讨厌的珀尔修斯会有什么举动，但他笃定他们家一定交不出马匹，这样一来，他的母亲达那厄就必须乖乖地顺从自己。

　　"珀尔修斯！不要担心！我们借你马匹！"

　　"对！我们送你一匹都可以！"

　　波吕得克忒斯的如意算盘还没有实现，场面就一片混乱。其实百姓们都十分不喜欢波吕得克忒斯，在他骄奢淫逸的统治下，大家都受了不少苦。国王波吕得克忒斯的表面工夫做得很好，本质上却是一个不折不扣的吝啬鬼，自私任性，只要他想得到的东西就必须得到，不管值不值得，牺牲再多的人都要满足他的欲望！而与之相反，达那厄母子俩的到来，给岛上的人们平添了不少快乐与幸福。

他们乐于助人，待人诚恳。达那厄是那样的无私善良，从来不计较个人得失，即使自己已经穷困潦倒，每天都过着朝不保夕担惊受怕的生活，她也会毫不吝啬地帮助那些遇到困难的人，即使那些人要比她富有得多。而她的儿子珀尔修斯，是个正直勇敢的青年，他经常帮助岛上的百姓驱逐野兽，对于那些被高官贵族们剥削残害的百姓，他也会毫不客气地出手相救。在他的保护下，人们都安心地过着幸福平安的生活。百姓们对达那厄母子的爱戴早就超过了对波吕得克忒斯的尊敬，他们坚持无偿帮助珀尔修斯的声音一浪高过一浪，直冲云霄。波吕得克忒斯被这样的场面吓得差点从椅子上摔下来，他那窘迫的样子看得珀尔修斯哈哈大笑起来。

"不许吵，不许吵！你们这些刁民！以为这样就可以糊弄过关吗！我告诉你们，税收是每户必交的事！谁也不能抵赖，也不允许代缴！如果谁再吵着做违法的事情，格杀勿论！"波吕得克忒斯愤怒地对所有人高声吼叫，但是他的话就像是猪嚎一样，并没有起多大的作用，反而使大家的呼声越来越高。面对这样的君王近乎惨无人道的统治，整个岛的百姓们都过着民不聊生的生活，没有人再愿意屈服于这个自私的国王。

"大家安静一下！请大家安静一下！"珀尔修斯说出

这句话的同时，全场立刻变得鸦雀无声。"非常感谢大家的好意，我和我的母亲平日里已经倍受大家的照顾，实在不好意思再让大家承受如此大的损失。尊敬的国王陛下，我有一个不错的提议，既然我无法交税，那么我愿意做任何事情偿清这笔债务。"

波吕得克忒斯心底暗暗高兴，这个傻小子，竟然帮自己控制住了场面，还说这种话自掘坟墓，不过他的这个提议正好中了波吕得克忒斯的计。他要让这个不知好歹的珀尔修斯永远地消失在自己的眼前。

"好吧，珀尔修斯，你还算是个敢作敢当的人，我非常欣赏你。你要知道戈尔工女妖美杜莎是个非常厉害的妖怪，我们国家每年都会派出强壮的青年去除掉她，但很不幸的是没有一个人能活着回来。我给你三个月的时间，如果你能够把美杜莎杀掉并取回她的头颅给我看，就当作你们偿清了债务，而且，我将永远不再向你们收税。但是，如果三个月后你没有回来，你的母亲达那厄就要作为补偿下嫁给我！"

年轻气盛的珀尔修斯并不知道美杜莎究竟是何方妖物，但是他一向对自己的能力颇为自信。为了让母亲不再受到波吕得克忒斯的骚扰，珀尔修斯想都没想便答应了。天真的珀尔修斯告别母亲出发之后才发现，自己根本不知道美杜莎居住在哪里，更不知道她有什么本领，该如何打败她。于是他逢人便询问美杜莎的信息，但是没有人知道。也不可能有人知道。因为没有人去找过这个可怕的女妖，曾经妄图杀掉她的人早在看到她的那一刻就已经化作石像失去了生命。神父宙斯得知自己的儿子正在经受磨难的考验，于是他就派当初致使美杜莎变成妖魔的雅典娜先下凡去帮助陷入迷茫中的珀尔修斯。

智慧女神雅典娜在找到珀尔修斯之后便对他诉说了关于美杜莎与她的渊源。美杜莎是戈尔工三女妖之一。她的父亲是福耳库斯，母亲则为海妖怪刻托。她的头发都是含有剧毒的毒蛇。美杜莎曾经是一位美丽的少女，仗着海神波塞冬的宠爱，性情傲慢不羁，除了波塞冬，她从来不把任何人或者神放在眼里。有一次她竟然在智慧女神的神庙里说自己比女神还要美丽，被激怒的雅典娜为了惩罚这个不自量力，对神不敬的美杜莎，便施展法术，把美杜莎的那头美丽飘逸的秀发变成了无数毒蛇。美女因此成了妖怪。最可怕的是，美杜莎的两眼闪着骇人的光，任何人哪怕只看她一眼，也会立刻变成毫无生气的石头。

珀尔修斯了解了敌人的情况之后，表情立马黯淡下来，这比他预想的要困难得多，但是为了母亲和更多人的幸福，勇敢的珀尔修斯并没有打算退缩。他的坚定和义无反顾打动了雅典娜，她决定帮助这个勇敢正直的年轻人。

"其实美杜莎之所以会给人造成这么大的危害，很大一部分责任也在我，当初我只想要惩罚这个亵渎我尊严的坏女人，只是没想到会造成这么严重的后果。她玷污了我的圣殿，简直罪该万死！但与此同时，受到我最严酷的诅咒的她也并不容易被打败，但是，我一定会帮助你！"说罢，雅典娜就把手中的铜盾交到了珀尔修斯的手中。"这块我的专属盾牌借给你，你要好好保管，这会派上很大用场。除此之外，你还要找到我的几位仙女朋友们，她们会给你更多的东西，但是她们十分活泼淘气，总是更换住所，如果凭借你一个人的力量去找寻她们，恐怕十年都未必能够找到。你可以去非洲的大山上去找名字叫格莱埃的三个女妖，她们是美杜莎的手下，具有通晓过去和预知未来的本领。所以她们能够预知仙女们所居住的地方，并且也知道杀死美杜莎的方法。但是你要用你的智慧让她们心甘情愿地说出来，千万不可以贸然动用武力，如果她们一旦向美杜莎提供警报，那么一切就都不好办了。祝你一路顺风！"说完，雅典娜就化成一阵风在珀尔修斯的面前消失了。

珀尔修斯满怀信心，朝着雅典娜所指引的方向走去。他来到了非洲大山的一个洞里，那是可怕的众怪之父福耳库斯居住的地方。在那里，珀尔修斯遇到了雅典娜所说的三个女妖：格莱埃。格莱埃是三人一体的女妖，她们生下来就是满头的白发，相貌就像老巫婆一样极其丑陋。她们共用一只眼睛和一个嘴巴，居住在长年不见天日的山洞中。

珀尔修斯正想前去询问有关仙女的问题，脑子里顿时回想起雅典娜临走时嘱托他的话，于是他决定先暗中观察，不打草惊蛇。他发现这三个女妖并不十分聪明，她们总是在轮流交换着眼睛和嘴巴，每当她们在交换的时候，就是她们警惕性最低的时候。珀尔修斯想到了一个好主意，就在女妖们用手传递着眼睛的时候，珀尔修斯冒充了她们三个的其中一个，偷偷地拿走了眼睛。女妖们找不到眼睛，为此争执不休，她们都认为一定是她们其中的一个拿走了眼睛却不想交出来。就在这时，珀尔修斯走了过去。

"嘿！我说你们三个，别吵了！想必你们就是格莱埃女妖吧！"

这三个女妖听到了陌生人的声音，立马提高了警惕，她们都想问清楚来者是谁，于是又开始疯狂地抢起嘴巴，其中最强壮一个抢到了嘴巴，向珀尔修斯问道，"你是谁？找我们有什么事吗？"

"你们不要再争了，你们的眼睛在我这里，但是不许声张！如果你们敢大声地叫，我就把眼睛扔掉再也不给你们了！"

三个女妖听到珀尔修斯的威胁立马收住了嘴巴，她们不敢贸然地出声，只能静静地等待珀尔修斯的吩咐。

"很好，现在我要问你们两件事，请你们如实地回答我，如果你们不听话，你们也休想再要回你们的眼睛！"

三个女妖就像上了弦似的不停地点头，生怕自己唯一的宝贝眼睛再也要不回来。

"第一个问题。请你们告诉我拿着宝物的三个仙子分别住在哪里？我要找她们！"

珀尔修斯话音刚落，三个女妖又开始不断地争抢嘴巴，珀尔修斯没有办法，只好指定她们其中最健壮的一个来回答。于是女妖把仙子们所居住的地方详详细细地告诉给了珀尔修斯。

"第二个问题。请你们告诉我如何杀死美杜莎！"

女妖们听到这个问题，吓得跌坐在地上。态度也来了个一百八十度大转变。她们不再争抢嘴巴，而是开始不停地推让，谁都不愿意告诉珀尔修斯。因为她们害怕美杜莎，如果谁说出了答案，很可能就会被杀死。

珀尔修斯看她们推脱了半天都没有结果，没有办法，他只好又指定了一个最瘦弱的女妖回答。女妖吞吞吐吐地不愿意说话，但又拿珀尔修斯没有办法。只好将杀死美杜莎的方法告诉给了珀尔修斯。

"我告诉了你，你可千万不要告诉别人是我告诉你的，这样我的小命就不保了。美杜莎是个蛇头女妖，她还有两个姐姐也是蛇头女妖，她们都是福耳库斯的孩子。她的两个姐姐身体流淌着神的血液，是不死之身。而美杜莎却是肉体凡胎。如果你想杀死美杜莎，千万不要引起她两个姐姐的注意，你是打不过她们的。所以，你只能在每天中午她们午休的时候动手。她们三个分别住在相邻的三个洞穴中，美杜莎的姐姐分别住在两边的洞穴，而美杜莎住在中间的洞穴。你进入洞穴时一定要蹑手蹑脚，保证不被她们发现，直到你杀死美杜莎离开洞穴为止。还有就是，千万不要看美杜莎的脸。美杜莎不像她的姐姐们，她没有任何武艺，但是她却有着比她的两个姐姐都致命的武器，就是她的脸。如果你看到了她的脸，你一定会死掉的。"

珀尔修斯听了女妖的话，认为她们的本性愚钝天真，本想把眼睛还给她们，但他又想起雅典娜的嘱咐，如果现在把眼睛给她们的话，她们说不定就会马上给美杜莎三姐妹送去警报，这样他所做的一切努力都会功亏一篑。于是聪明的珀尔修斯将眼睛扔到了离女妖们很远的草丛里，让她们自己去找。这样等她们找到了眼睛，他已经成功地赶回家乡了。

从女妖所在的洞口出来以后，珀尔修斯马不停蹄地到达了仙子们所在的位置。向她们表明来意后，仙子们都高兴地对意志坚定的珀尔修斯表示支持，她们纷纷将自己的宝物送给这个孝顺勇敢的勇士。一个是能够隐身的狗皮帽子，一双可以自由飞翔日程千里的飞鞋，还有一个可以装下美杜莎头颅的皮囊。正在珀尔修斯准备离开的时候，宙斯为了帮助自己的儿子取得成功，特意派遣神使赫尔墨斯来到人间帮助他。赫尔墨斯将宙斯为珀尔修斯准备的一把锋利的弯刀送给了他，并鼓励他，祝他成功。

珀尔修斯礼貌地告别了三位仙女和赫尔墨斯后，就穿着飞鞋来到了美杜莎三姐妹所居住的洞穴。珀尔修斯蹑手蹑脚地走进了洞穴，发现满地堆满了人类的尸骨，白粼粼的一片，血腥的气味扑鼻而来，让人不禁反胃作呕，头晕目眩。珀尔修斯小心翼翼地继续往里面走，发现到处都是石头雕像，他们的表情惊恐无比，让人不寒而栗。他悄悄地绕过各式各样的雕像，走到了美杜莎的洞穴门口，没敢贸然进去。他不知道美杜莎的具体位置，又不能睁眼去寻找，如果闭着眼睛莽撞地杀进去，不仅不会成功，还会吵醒姐妹三人，这样一来，他就必死无疑。正在这时，雅典娜化成一阵风伏在珀尔修斯的耳边。

"珀尔修斯，不要惊慌，现在我给你的盾牌就派上了用场。你可以透过我那像镜子一样的盾牌反照出美杜莎的具体位置，这样，你就用不着面对面看她了。"说完，雅典娜便离开了。

遵照雅典娜的指示，珀尔修斯将盾牌反过来照着自己的背后，然后倒退着走进了美杜莎的洞穴，他慢慢地接近了熟睡中的美杜莎，这个令人闻风丧胆的妖女比雅典娜说的还要恐怖。她的头上盘着一条条阴险凶狠的毒蛇，蛇身上布满了金色的鳞甲，她还有着像公猪一样尖锐的獠牙和铁手。为了不再耽误时间，珀尔修斯果断地用弯刀割下了美杜莎的头，并把它放到了事先得到的皮囊中，穿着飞鞋迅速地飞了出去。而此时美杜莎的姐姐们也惊醒了，看到妹妹的头被人砍掉，她们愤怒地追了出来，她们的手臂上有着像蛾子一样的巨大翅膀，飞行的速度比珀尔修斯快许多。眼看她们就要追上自己了，珀尔修斯灵机一动，戴上了那顶可以隐身的狗皮帽子，一溜烟的功夫就消失在两个女妖的视线中。女妖们寻找了半天也没有找到，就悻悻地飞回去了。

逃离了戈尔工三女妖的地盘之后，珀尔修斯继续飞行着。他一路飞行，飞过埃及，来到埃塞俄比亚的海岸边，那里有一个小王国。那是国王刻甫斯治理的地方。突然，珀尔修斯看到耸立在大海之中的山岩上捆绑着一个年轻貌美的姑娘。呼啸而过的海风毫不留情地吹乱了她那一头漂亮的金发，美丽的姑娘低着头几度潜然。珀尔修斯被这凄楚的一幕和美丽姑娘可怜的泪水打动了，他直直地向姑娘所在的山岩飞去，想要一问事情的究竟。

"嘿！年轻美丽的姑娘，你怎么会被绑在这里？海风是如此不懂得怜香惜玉，怒吼的海浪随时都会把你吞没，这里是如此的危险，是谁把你困在了这里？你叫什么名字？你的家人又在何方？"

听到珀尔修斯的话，生性腼腆而又内向的姑娘一开始并没有回答，她依旧埋下自己的头小声地啜泣，任凭飞舞凌乱的发丝拂过那张美丽的脸庞，泪水被狂风一滴滴席卷到了海里。她实在不想被眼前的陌生男子看到自己狼狈的模样，这让本就胆小羞涩的她羞愧不已，可惜自己的双手被反绑着无法动弹，假如可以自由活动的话，她一定会用双手紧紧地蒙住自己的脸庞。过了许久之后，她看珀尔修斯并没有走，也没有任何不耐烦的表现，只是静静地等着自己的回答，表情是如此的心疼和温柔。终于，她噙着泪水决定向眼前的珀尔修斯说出事情的原委。

"我叫安德罗梅达，是埃塞俄比亚国王刻甫斯的小女儿。一开始，我们国家的人受到神灵的庇佑，幸福快乐的生活并没有经历过任何风波。人们安居乐业，无忧无虑。可是有一天，在一个举国欢庆的丰收宴会上，我的母亲由于太高兴而得意忘形，在所有人面前毫无遮掩地夸耀我，说我是全世界最漂亮的女孩，比海神的女儿们，也就是美丽的海洋女仙们还要美丽。她的这句话被大家传了出去，惹怒了海洋女仙们。她们共有姐妹五十人，一起请她们的父亲海神发起了洪水要淹没整个埃塞俄比亚。汹涌的海水淹没了王国周边的许多村庄，善良无辜的村民们因此失去了幸福的生活甚至是宝贵的生命。我那爱民如子的父王看到这一场面心痛不已，他为自己的王后也是我的母亲所犯的过错感到万分自责，却也只能眼睁睁地看着灾难的发生，手足无措。海洋女仙们对于这样的报复还不够满意，她们甚至派了一个人类根本无法对抗的非常强大残暴的妖怪，吞噬陆地上的动物和平民。我的父亲在无奈之下只好来到德尔菲神庙求得神谕，可是神谕却说：'如果想使国家获救，必须把美丽的小女儿丢给海怪，满足它的食欲。'被种种灾难折磨得近乎崩溃的国民听到了这个消息顿时沸腾了，他们分成两派每天都在不停地争吵。其中一部分人不希望交出我的生命来换得平安，因为他们平日里蒙受我父王的恩典，不希望我父王去承受丧女之痛。而另一部分人认为所有的祸事都是由我和我的母亲引起的，要求我的父亲必须按照神谕的启示把我献给妖怪，拯救万民。绝望之余，为了拯救苍生，不使整个世界生灵涂炭，又怕我不服从会做傻事，我的父亲只好下令将我捆在这里，等待着海怪出现把我吞掉。"

安德罗梅达的话音还没有落，海面上便波涛汹涌，一浪一浪滚滚而来。过了一会儿海浪中突然冒出了一个巨大的妖怪，它的身形无比巨大，宽宽的胸膛简直能够遮云蔽日，恐怖的阴影覆盖住了整个海面。它怒吼了一声，张开的血盆大口里满是锋利的牙齿。安德罗梅达看着相貌如此凶悍的妖怪，吓得发出一声惊呼，差点晕了过去。她的父母也闻声赶了过来，他们远远地站在海岸的另一边，看着岩石上倍受惊吓的女儿就要大祸临头，感到绝望无比。她的母亲无法接受这一现实，内心充满了内疚与悔恨，悲恸的神情令所有在场的人都流下了眼泪，他们在一边为这个无助的母亲心痛悲伤的同时，也在为岩石上的美丽公主提心吊胆。国王终于还是不顾众人的阻拦冲到了岩石上，他紧紧地抱着最心爱的女儿，父女俩不禁失声痛哭。这世上还有什么比白发人送黑发人更加令人悲伤的呢？自己身为一国之君，为了百姓，还要眼睁睁地看着自己的女儿被巨怪吞下，却束手无措，什么也做不了。

站在一旁的珀尔修斯看不下去了，善良正义的他决定无论如何都要帮助这些可怜的人。坚毅的神情浮现在他那俊逸的脸上，此刻的他内心充满了自信与勇敢，他昂起头来，大声地对国王和公主说："请你们不要难过了，哭泣无法解决任何问题。眼下，我们的当务之急是救出公主。我的名字叫作珀尔修斯，是天神宙斯的儿子，我刚刚战胜了戈尔工女妖美杜莎，神赐予我的飞鞋带着我飞越了高空，把我引到了你们这里，我看到了您美丽的女儿，她的温柔脆弱让我心痛。坦诚地告诉你们，我爱上了安德罗梅达，为了心爱的女人，我愿意不顾一切危险与艰难去拯救大家，我愿意在安德罗梅达最危险的时候陪伴在她的身边，给她任何人都无法给予的安全感和希望。同时，我也希望，如果我救下了您的女儿安德罗梅达，您可以慷慨地把她嫁给我，我用我的生命向您承诺，我将会给她一生的幸福！"说罢，珀尔修斯把脸便转向了吃惊不已的安德罗梅达，"美丽的公主安德罗梅达，你可以接受我的求婚吗？当然，这并不是我搭救你的条件，你本就应该是个自由的姑娘，应该有权利选择属于自己的幸福。无论你是否答应我，我都会竭尽全力营救你的，所以，我只要你做出真实的选择"。安德罗梅达早就被珀尔修斯的英俊潇洒和英雄气概迷倒了，现在，听到眼前这个勇敢的年轻男子向自己求婚，她在激动之余不禁羞红了脸。心中的热情早已把她的心推给了珀尔修斯，安德罗梅达喜极而泣，对着珀尔修斯点了点头，说："不管今天我是不是有幸可以存活下来，我都愿意做你的妻子。"国王和王后听到后高兴到了极点，他们把珀尔修斯当成女儿和全国人民的救星，眼前这位自告奋勇的勇士已经足够资格当他们的女婿，于是激动地点了点头，表示非常赞同两人的婚事。并且，他们不仅答应把女儿安德罗梅达嫁给他，还心甘情愿地把自己的王国当作嫁妆送给珀尔修斯，让他继承王位。

说话间，那只巨大的海怪早已经不耐烦地冲了过来，它用巨大的手臂锤击海面，激起千层雪白的浪花，无数的水珠四外飞溅，甚至已经冲湿了离海岸最近的房屋。在海怪距离安德罗梅达只有一步之遥的时候，勇敢的珀尔修斯猛地把脚往地上一蹬，腾空而起。妖怪看到空中的珀尔修斯在海面上投下的身影，以为它就是自己要对付的敌人，便狂怒地向那影子追去，好像怕这影子要抢走它的食物一样。珀尔修斯在空中左右飞腾着，如同一只矫健的雄鹰，让那只妖怪不断地追逐自己的影子。过了一会儿，愚蠢笨重的海怪实在追不上身手矫健的珀尔修斯，终于被折腾得有些筋疲力尽了，它已经没有足够的力气再掀起巨大的波澜，聪明的珀尔修斯知道机会来了，便从空中猛扑下来，用杀死美杜莎的弯刀狠狠地砍向海怪的脊背。弯刀深深地插入了海怪的后背，只剩下一个渺小的刀柄还屹立在空气之中。海怪顿时疼得四下逃窜，正在这时，珀尔修斯趁机将弯刀拔了出来，对着海怪又刺杀了几刀，海怪终于奄奄一息地沉入到了海底，伤口流出的血染红了整片海水。这时，珀尔修斯的飞鞋的翅膀也被海怪激起的浪花沾湿了，这让他无法在空中久留。于是他很快地飞回到了安德罗梅达的身边，亲自解开了锁在她身上的铁链，并把美丽的公主背回到了岸边。海洋仙子见此惊恐不已，她们从来没见过这么厉害的勇士，更何况他还是宙斯的儿子，如果再不依不饶下去的话恐怕还会受到天神的责罚。狡猾的女仙们赶紧撤走了向王国进攻的海水，并迅速逃回到了海底，王国终于又恢复了一片宁静。回到王宫后，他受到了国王一家盛情的款待。很快，国王便履行诺言，为他的女儿和英勇无敌的女婿举行了一场盛大的婚礼。

两位有情人终于可以如愿以偿了。正当婚礼在欢乐中举行时，王宫的大殿中突然陷入了一片骚动，并不时地传来阵阵怒吼。原来，是邻国的王子菲尼克斯带着一大队的士兵毫无礼数地冲了进来。菲尼克斯从前曾经追求过安德罗梅达，并且向她提出求婚，但是，还没等到安德罗梅达答复他，她就因为王后一句口无遮拦的夸耀被海神的女儿们报复，被当作祭品送到了海边。在安德罗梅达遭遇困难的时候，菲尼克斯因为害怕牵连到自己，便舍弃了孤独无助的安德罗梅达，带着家产逃跑了。现在，他看到安德罗梅达安全了，就又来重提自己的要求了。菲尼克斯挥舞着长矛一下子闯进了正在举行婚礼的大厅，并朝着惊讶不已的珀尔修斯大声地吼道："愚蠢的珀尔修斯，我才是安德罗梅达的丈夫，你抢走了我的未婚妻，我要杀了你！你不是大言不惭地说你是宙斯的儿子吗，那就来和我决斗吧！我才不相信你的鬼话！现在无论是谁都无法保护你，无论是安德罗梅达还是国王的礼物都是我一个人的，谁都休想从我手中夺走！"这时的珀尔修斯还一头雾水，不明白事情的经过，但是菲尼克斯却已经摆开了架势，准备伺机杀死珀尔修斯，抢走安德罗梅达和整个王国。

就在这时，国王刻甫斯从座位中站了起来，他的愤怒使他浑身颤抖，一时间说不出话来，直到沉静了一小会儿，他才朝着菲尼克斯大吼："住手！你这个畜生！菲尼克斯，亏你还有脸回来，你这个无耻的懦夫，你口口声声地说爱我的女儿，当我们被迫牺牲安德罗梅达的生命的时候，你在哪里？看着她柔弱的身躯被紧紧地绑在大海的中央，你为什么没有亲自去救她，反而袖手旁观呢？我们都知道，你早就被吓得躲到什么地方瑟瑟发抖去了！别说安德罗梅达压根就没有答应过你的求婚，就算她答应过你，像你这种无耻的懦夫也休想娶到我的女儿，你不配！明明是珀尔修斯不顾生命危险救了安德罗梅达，拯救了整个王国，而且他们两个人也彼此相爱，两情相悦，正要成就美好姻缘的时候，你却不识趣地跑过来自取其辱！就算我不计较你的无耻行为，允许你与勇敢的珀尔修斯决斗，但是你能打得过这位战胜了美杜莎与海怪的勇猛的英雄吗？还轮不到你去侮辱他！"菲尼克斯被国王的话激怒了，他又羞又气，却又无话可说。他不断地打量着国王刻甫斯和珀尔修斯，思考着要用什么方法才能把这两个讨厌的绊脚石都解决掉。终于，他疯狂地使出了全身的力气，趁他们不注意的时候，朝珀尔修斯扔出了他的长矛。可是他的武艺实在是不敢恭维，那长矛出手后软弱无力，如同一个病秧子，晃晃悠悠地一下子扎进了珀尔修斯身边不远的坐垫上。珀尔修斯看到菲尼克斯已经失去理智，并且来者不善，就赶紧跳了起来，朝着菲尼克斯将长矛丢了回去，菲尼克斯赶紧躲到了大花瓶的后面，若不是花瓶挡住了他的身体，此时的菲尼克斯早已一命呜呼了。菲尼克斯的士兵们看到自己的主人和珀尔修斯起了冲突，便一下子涌了上来，和国王刻甫斯的侍卫们以及参加婚礼的客人们打成了一团。菲尼克斯有备而来，所以他带来的士兵人多势盛，很快就把王宫里的侍卫杀得片甲不留了，然后他们把国王夫妇和珀尔修斯以及安德罗梅达团团围住了。虽然珀尔修斯武艺高强，杀死了一个又一个冲上来的敌人，但是毕竟敌人数量太多，珀尔修斯一个人也有些招架不住了。他明白单凭自己的勇气和力量已经远远不够了，就决定使出自己的最后一招，他朝着菲尼克斯大喊："你们人多势众，我也是被逼无奈，只好拿出我过去的敌人美杜莎的头颅来打败你们！"说罢，他便转过头对国王王后以及安德罗梅达说："你们都是我未来的亲人，不瞒你们说，美杜莎的头颅杀伤力真的很强，看到她的人都会死。所以请你们无论如何闭上眼睛，不要睁开。请相信我，我会保你们平安！"接着，他从身后的皮囊中取出了美杜莎的头，转过身子，朝着正在逼近的对手们伸了过去。菲尼克斯正疯了一样地领人朝珀尔修斯砍杀过来，他一边冲，一边轻蔑地对珀尔修斯大喊："哈哈，你真是个愚蠢的人！拿这种吓唬小孩子的把戏来吓唬我们，可我偏偏不上你的当！今天，我就要把你……"可是，还没等他把话说完，他那举到半空中的手臂就僵住了，他身边的武士们也一下子停住了脚步，开始变得僵硬。珀尔修斯一看敌人已经中计，干脆把美杜莎的头颅高高地举在半空中，想让所有的敌人都能看见。就这样，菲尼克斯身后的一批士兵也都变成了僵硬的石块。只可惜，狂妄无知的菲尼克斯已经再也没有任何后悔的机会了。他转眼变成了石头，站在那里，双手下垂，脸上还是一副惊恐万分的样子。

战胜了自己的情敌之后，珀尔修斯婉言谢绝了国王刻甫斯的赠与，带着年轻美丽的新婚妻子安德罗梅达回到了自己的故乡，也是就母亲所在的塞里福斯岛，向国王波吕得克忒斯回复使命。

就在珀尔修斯离开以后，波吕得克忒斯认为珀尔修斯一定会和其他人一样被美杜莎变成大石头，于是更加肆无忌惮地骚扰珀尔修斯的母亲达那厄。他甚至派人将脆弱的达那厄软禁起来，逼她和自己结婚。

珀尔修斯再次出现在波吕得克忒斯的面前时，这位傲慢自负的国王吃惊极了，他以为珀尔修斯没有去找戈尔工女妖美杜莎，而是到什么地方逍遥去了。这时，珀尔修斯跟他说："陛下，我现在已经取下了美杜莎的头颅，偿还了我欠您的债务，希望您也可以放了我的母亲，让我们母子俩可以不再受到任何人的骚扰过上平静的生活。"波吕得克忒斯并没有相信珀尔修斯的话，他厌烦地看了珀尔修斯一样，跟从前一样轻蔑傲慢，他冷笑地蔑视着珀尔修斯，用一种极其羞辱嘲笑的口气说："愚蠢的珀尔修斯，你以为你随便编一句谎言就可以戏弄我了吗？我断定你一定没有杀掉美杜莎，你一个凡人怎么杀得死她？！而且你竟然也没有变成石头。多少比你武艺高强的人都没有活着回来，可你却完好无损地回来了，还说了一番厚颜无耻的大话，真是可笑之极！"

珀尔修斯虽然了解波吕得克忒斯反复无常的坏脾气，但是他也没有料到他居然会如此对他。

"国王，请您不要太过分了！是您让我亲自取下美杜莎的头颅，现在您又不承认，这简直是太荒谬了！"珀尔修斯十分气愤，他的眼睛直勾勾地瞪着波吕得克忒斯。一路的艰辛让他成长，他并没有冲动地发火，而是忍耐着看波吕得克忒斯究竟要耍什么花样。

"谁说我不承认了？你不是说你取回了美杜莎的头颅吗？那就拿出来让我看看，我必须要亲眼看到才能辨别真假，否则，你休想糊弄我！"

"国王，如果您一定要这么做的话，我不会阻拦您，但是我必须告诉您，当您目睹美杜莎面貌的那一刻，也就是您变成石头的那一刻。"

"哼！珀尔修斯你不要再吹牛说谎了！你以为我会相信你的鬼话？不要再自作聪明为你的懦弱无能找借口了！"

珀尔修斯无奈地摇了摇头，他立即把皮囊从腰间放了下来，然后把头别了过去，拿出美杜莎的头颅给波吕得克忒斯看。波吕得克忒斯被吓呆了，他瞪大眼睛盯着美杜莎的头，随即便变成了一块大石头。

波吕得克忒斯死后，珀尔修斯救出了被软禁已久的母亲达那厄，并将自己的新婚妻子带回了家中，一家人幸福地团聚在一起。不久后，他决定带着自己的家人一起回到母亲达那厄的故乡，也就是珀尔修斯的外祖父那里，拜访一下这位从未见过的亲人。可是还没等到他回去，他的外祖父阿克里希俄斯就听说了自己的外孙已经长大成人并且马上要来找自己。他非常害怕早年的那则神谕会变成事实，于是就悄悄地逃亡到了外地，到了他的朋友——彼拉斯齐国王那里。而珀尔修斯带着家人来到母亲的家乡之后并没有找到外祖父，便沿着另一条路来到了彼拉斯齐王国，那里正在举办一场盛大的运动会，珀尔修斯一向喜欢投掷铁饼，所以看到运动会上有这个项目，就非常开心地参加了，他兴奋地抓过一块铁饼就扔了出去，不小心砸中了一个正好从运动场上经过的老人。几十年前的神谕应验了，这个老人正是逃到彼拉斯齐王国避难的阿克里希俄斯，也就是达那厄的亲生父亲——珀尔修斯的外祖父。

阿波罗悲伤的爱情之弦

每个人都有自己的初恋，就是贵为天神也同样无法避免。尤其是在面对爱情的时候，他们就和人一样，有七情六欲，无法控制内心的喜怒哀伤。青涩的初恋是美好的，但如果不幸失恋了，那就会让人特别悲伤。伟大的太阳神阿波罗就是如此，他的爱情故事，注定悲伤。

事情是这样发生的。有一天，威武勇猛的阿波罗斩杀了一条叫作皮同的蟒蛇，这条蟒蛇体型庞大，有一座山那么高，而且非常机敏凶残。它能够获知距离它三百米以内的人的准确信息，然后快速地吐出它那长长的信子，如同一根红色的缰绳一般把毫无防备的人牢牢地捆起来，然后送进自己的肚子里。它每天都要吃成千上万的人填饱肚子，为此，附近村子里的人早都已变成它的果腹之物，不见尸骨了。伟大的天神宙斯不忍心再看到人类受到这样的磨难，于是派阿波罗去铲除这个凶残可怕的妖怪。皮同非常狡猾，它知道阿波罗不是等闲之辈，不像凡人那样不到三秒钟就可以被吃掉。它生怕自己一不小心会被阿波罗夺去性命，所以不敢轻举妄动。它一边敏捷地左右躲闪不断发出攻击的阿波罗，一边观察他的招数，希望找出破绽打败这个来势汹汹的敌人。过了一会儿，它发现阿波罗也是一个性格冲动鲁莽的人，于是，就在阿波罗没有步步为营后发起了反攻，并成功地使阿波罗受了一点伤。阿波罗的脸顿时被气得变了颜色。他神情严肃冷漠，逐渐冷静下来打量这个巨型妖怪。皮同的体型实在是非常庞大，要想杀死它唯一的办法只有砍断它的头。可是它的警惕性那么高，阿波罗如果强行接近肯定是行不通的。但这也并不意味着一点办法也没有。擅长音乐的阿波罗拿出里拉弹奏了一曲美妙的曲子，起伏的旋律传到了皮同的耳朵中。它立刻沉静了下来，使不出一点力气。阿波罗趁机冲到皮同的面前，砍下了它的头。

刚刚大功告捷的阿波罗回到了奥林匹斯山上，他得意扬扬地扫视周围的一切，神情是那么的不可一世。

正在这时，他看见了小爱神丘比特正在跃跃欲试地弯弓搭箭，就非常不屑一顾地说："可怜的小家伙，真是无知。像弓箭这种打仗时候用的武器，只有英雄才配得上使用，哪里是你们这样的小屁孩玩的？快点把它交给我，只有像我这种英勇潇洒的神才配得上使用它！你看看我，我就是靠弓箭除掉了不少令宙斯都头痛的妖怪，而且就在刚才，我还斩杀了凶残无比的大毒蛇皮同。这样的事情你敢做吗？哈哈……弱小的家伙，你要是喜欢玩的话，还是玩玩水烧烧柴吧，你不就是喜欢和你的母亲维纳斯一样到处点燃情火吗？你爱到哪儿点火就去哪儿点火吧，只是别再玩弄这种英雄才配得上使用的武器，这会遭到别人的嘲笑的！这要是被凡人看到了，那我们神的尊严该放在哪里呢？！哈哈哈哈哈……"

"你这个头脑简单四肢发达的阿波罗，愚蠢的人是你！你先不要吹牛，自以为是的家伙。虽然你的弓箭可以射中万物，但是，你却无法躲避我射出的箭！我要让你为你的狂妄自傲付出最惨重的代价！"不服气的丘比特被阿波罗的一番嘲笑伤了自尊，他虽然个头不大，却是个人小鬼大的小精灵，鬼心眼多的是，他的脸因愤怒被气得红扑扑的，可爱之余还透着几分狡诈与邪恶。话音刚落，他就飞身跳到一块又高又大的岩石上，随手从白色的箭袋中取出了两只功能相反的箭：一支尖头的箭，闪烁着熠熠金辉，象征着激情与热恋；而另外一只是钝头的铅箭，冷得像冰一样，象征着拒绝爱情与冰冷如霜。

丘比特费尽力气拉开了如同满月的神弓，只听"簌簌"两声，钝头的铅箭射向了正在河里沐浴的河神的女儿达芙妮，而尖头的金箭如同闪电一样，射向阿波罗。阿波罗本能地躲闪，但是这支箭像长了眼睛一样，不仅没有直直地射出去，并且还能转弯，追着阿波罗并射穿了阿波罗的胸膛。就这样，骁勇善战的阿波罗再看到金发碧眼、窈窕身材的达芙妮时便产生了强烈的爱，被那位美少女折磨得茶饭不思，神魂颠倒。而达芙妮一听到别人对她说"我爱你"的时候，就深感厌恶。为了躲避人们的苦苦纠缠，她整天在林中打猎追逐，出没于山林之间，像一阵缥缈美丽的风一样，来无影去无踪。没有人能够抓住她的手，就像是谁都无力留住一个美丽的梦一样。

可即便是这样，那些求爱者也并没有任何退却的意思，仍旧是千方百计地想要接近她。追求她的人不但没有减少，反而被她的神秘所吸引，与日俱增。但是达芙妮并不理会这些，她一一回绝，不予理睬，整日就在树林中徘徊寻猎，压根就没有嫁人的打算。她一直这样，这让她的父亲河神很是放心不下。河神常常委婉地规劝她说："女儿，你该为我找一个好女婿了，生一个可爱的孩子，让我也像其他老人一样有一个美满的晚年。哪个父母不希望在年老的时候过上儿孙满堂的生活呢？"要不然就是说："女儿，女人的美丽是要给男人去欣赏的，嫁给一个真心爱你的人，让他照顾你的一生，才是你的价值所在。你应该去寻找一个这样的人……"每当父亲一提到这些，达芙妮就羞得满面通红，她痛恨恋爱，痛恨结婚，仿佛让她去做这两件事情比让她去死还要严重。但是她又不能直接说出来，因为这样会伤害到父亲。于是她只好每次都搂着父亲的脖颈半撒娇半认真地说："我亲爱的父亲，请您允许我终身不嫁，就像我们伟大的月亮女神阿尔忒弥斯一样。我也希望成为和她一样优秀的女神。所以，希望您允许我可以终身陪伴在您的身边！"年迈的父亲听到女儿这样哀求也没了主意，只好答应她的要求。确实，要自己唯一心爱的女儿离开自己，他也是万分不舍的。不过，他很忧虑地说："我可爱的女儿，即便你这么想，可你的容貌不可能使你独身一辈子。我同意你不嫁，可是难免会有地位高的神明爱上你。这样一来，我就无法再阻拦。"

阿波罗的心仿佛长了翅膀，被深深地锁在了达芙妮的身上。他是那么的爱她，希望可以娶她为妻。他是伟大的太阳神，有给世人神谕的法力，但是一旦到了自己身上，他就变得失去理智，六神无主了。所有的法力都失去了效果。他经常跑到她出没的森林里，偷偷地关注着她的一切，他见到她披散在肩头的头发就想："这一头美丽的金发即便是被风拂得凌乱，都那么的迷人，如果好好梳理一下，那我恐怕就要为她失去魂魄了……"他把她明亮的双眼比作天空中那颗独一无二的最闪亮的星星，看到她红樱桃一样的薄薄的小嘴唇，他就想要给她深深地一吻。他暗中赞美她赤裸到肩头的双臂和纤纤玉手，它们是那么的细嫩白皙！他弹奏诵唱美妙的音乐，在她面前展示打猎的高超技艺，甚至用更多的方法千方百计地吸引着女神的注意力。他把最好的自己展示给她。只是达芙妮却一点儿都不领情，每当阿波罗靠近她的时候，她就一脸嫌恶地拔腿就跑，迅疾如风。阿波罗就那样紧紧地跟在她的后面，卑微低贱地百般哀求。

"请你停一停，听一听好吗？达芙妮，我不愿伤害你，因为我是真的很爱你，从见你的第一面就对你一见钟情。你是那么的美丽，请你不要像羔羊见了饿狼、老鼠见到老鹰一样看到我就千方百计地躲着我。我追你是因为我爱你，我无法控制自己的心。我不是小丑，也不是乡野村民，我是宙斯的儿子，主管歌舞管弦的太阳神阿波罗，世界上没有一个人比得上我的音乐技巧，我足够配得上你。同时，我也是那么的骁勇善战，我的武艺一点儿也不输给战神阿瑞斯，特别是我的狩猎技巧，难道你还没有看到吗？我射出的箭百发百中，万无一失。我还司掌医药，熟悉百草的疗效。自从我爱上了你，我就得了相思病，这种病偏偏无药可医，我身为天神，却要独自承受人类都无法承受的痛苦，是多么的悲哀！难道你不同情我吗？你还要继续逃跑吗？这样对我是多么的不公平啊！"

可是无论阿波罗如何低声下气地恳求，达芙妮都像没听见一样把他的话都当作耳旁风，甚至冷漠地不看他一眼，依旧是一见他就逃跑。可是中毒太深的阿波罗在绝望中仍旧还是迷恋她，他发现就连她仓皇逃离时的姿态都是那么的令人心醉。这让阿波罗充满爱情的热情之火燃烧得更加旺盛，占有她的欲望已经让阿波罗在愤怒与渴望中失去了耐心和理智。无论如何，他都要追上她并且得到她。爱情的力量是强大的，阿波罗似乎拥有了比以往更加强大的力量，很快，他便追上了一直在奔跑的达芙妮。此情此景就像是猎狗追逐野兔：一个张着血盆大口就要下口，而那弱小的动物则左闪右跳，想叫它逮不着。两个人就这么一前一后地跑着，他插上了爱情之翼，而她却踩着恐惧之轮。眼看阿波罗就要追上了，他气喘吁吁，呼出来的气已经足够吹动她柔软飘逸的头发；而她跑得双腿发软，力不从心。百般无奈之下，她只能祈求自己的父亲河神："亲爱的父亲，求您救救我，阿波罗的不停追逐让我生不如死，请您让大地将我吞噬，或者毁灭我美丽的形体，免得再惹来危险！"

河神看着自己的女儿受尽了磨难，不禁泪流满面。他为自己女儿的选择痛苦不已。看到女儿近乎绝望地乞求，他也只好答应了女儿的要求。

话音刚落，达芙妮的四肢就开始发僵，上半身长出一层嫩皮，长长的头发变成了绿叶，双臂缠满了藤条，两脚如同钉在地上一样扎根在了泥土里变成了坚固的树根，美丽的面孔坚毅冷漠，变成了树冠，完全失去了原来的人性，但优美的仪态还是那样醉人。心急如焚的阿波罗看着眼前的一切痛苦地大叫着：

"达芙妮！回来！我亲爱的达芙妮……"

但是，在阿波罗悲伤的哭声中达芙妮布满脸颊的虬枝却在不断生长。阿波罗终于陷入茫然中，不知所措的他只是呆呆地用双手去触摸树干，他感到隐藏在树皮下的肌肤还在瑟瑟发抖。他想要亲吻美丽的枝叶，只是当他的嘴唇一凑上去，那树枝就像是枯死一样从树干上折断掉落到地上。阿波罗绝望不已。

"达芙妮，我那么的爱你，而你却如地狠心。既然我无法娶你为妻，那么我就让你成为我的圣树。我将把你戴在头上作为胜利者的王冠，用你装饰里拉和箭袋。等到伟大的罗马征服军凯旋时，我要用你的枝条编成花冠给他们加冕。我的青春也会使你四季常青，永不凋零。你永远也逃不出我的手心。"

从那以后，每到月桂树盛放的季节，人们都会听到悲伤的阿波罗坐在月桂树下弹奏催人泪下的歌曲。